艾贝尔的飞行电梯

〔荷〕安妮·M.G.施密特 / 著

〔荷〕郑宗琼 / 绘

蒋佳惠 / 译

人民文学出版社
PEOPLE'S LITERATURE PUBLISHING HOUSE

著作权合同登记　图字 01-2022-6403

Abeltje

Nederlands
letterenfonds
dutch foundation
for literature

The publisher gratefully acknowledges the support of the Dutch Foundation for Literature.
感谢荷兰文学基金会对本书翻译项目和制作项目的赞助

图书在版编目（CIP）数据

艾贝尔的飞行电梯／（荷）安妮·M.G.施密特著；
（荷）郑宗琼绘；蒋佳惠译．—— 北京：人民文学出版社，
2018（2023.1 重印）
（国际安徒生奖儿童小说）
ISBN 978-7-02-014169-2

Ⅰ．①艾…　Ⅱ．①安…　②郑…　③蒋…　Ⅲ．①儿童小
说－中篇小说－荷兰－现代　Ⅳ．①I563.84

中国版本图书馆 CIP 数据核字 (2018) 第 086555 号

责任编辑　卜艳冰　汤　淼
装帧设计　李苗苗

出版发行　人民文学出版社
社　　址　北京市朝内大街 166 号
邮政编码　100705

印　　制　凸版艺彩（东莞）印刷有限公司
经　　销　全国新华书店等

字　　数　130 千字
开　　本　890 毫米 × 1240 毫米　1/32
印　　张　7.75
版　　次　2018 年 7 月北京第 1 版
印　　次　2023 年 1 月第 2 次印刷

书　　号　978-7-02-014169-2
定　　价　55.00 元

如有印装质量问题，请与本社图书销售中心调换。电话：010-65233595

目　录 ～～～～～～～～～～～～～～～～

第一章　　科诺茨百货大楼　　　　　　　　　1

第二章　　最上面的那个按键　　　　　　　　7

第三章　　可以允许我做一个自我介绍吗　　13

第四章　　我们该拿这部电梯怎么办　　　　21

第五章　　着陆　　　　　　　　　　　　　28

第六章　　烤土豆　　　　　　　　　　　　35

第七章　　中央公园里的早餐　　　　　　　43

第八章　　纽约　　　　　　　　　　　　　51

第九章　　考蛤·史密特女士　　　　　　　56

第十章　　克拉德亨老师的一天　　　　　　65

第十一章　德普先生的一天　　　　　　　　73

第十二章　　　太刺激了　　　　　　　　　　80

第十三章　　　逃离　　　　　　　　　　　　87

第十四章　　　如果没有萝拉的话　　　　　　91

第十五章　　　去南方　　　　　　　　　　　99

第十六章　　　秘鲁戈纳的革命　　　　　　105

第十七章　　　电梯客们被当成间谍了　　　110

第十八章　　　在白色的监狱里　　　　　　118

第十九章　　　逃离监狱　　　　　　　　　125

第二十章　　　寻找宫殿　　　　　　　　　134

第二十一章　　灭蛾球　　　　　　　　　　138

第二十二章　　上将家里的宴会　　　　　　145

第二十三章　　总统，当还是不当　　　　　154

第二十四章　苹果酒和政治　　　161

第二十五章　胡安尼托　　　168

第二十六章　秘鲁戈纳发生动乱了　　　177

第二十七章　炸开锅　　　183

第二十八章　艾贝尔带来了救兵　　　189

第二十九章　太平洋　　　197

第三十章　他们又着陆了　　　203

第三十一章　被扰乱的音乐节　　　210

第三十二章　按钮不好使了　　　217

第三十三章　横穿地球　　　223

第三十四章　有脚　　　229

第三十五章　回家　　　234

第一章

科诺茨百货大楼

也许，你曾经去过米德兰姆。我说的就是在艾瑟尔河边的米德兰姆，也就是抹布工厂的所在地。蔚蓝的河水边，林立着红色的砖瓦房，站得老远，就能看见堤坝上那三棵高大的榆树。艾贝尔就住在那里。他全名叫艾贝尔·鲁夫，是鲁夫太太的儿子。鲁夫太太在教堂路上开了一家小花店。

好吧，无论你有没有去过那里，都不重要。真正重要的是这个艾贝尔。事实上，我们的整个故事都是围绕着艾贝尔展开的。

从踏出学校校门的那一刻起，他就要开始干活儿了。这是明摆着的，所有人都是这样做的。男孩们必须开始干活儿了，而鲁夫妈妈整天都在唠叨这件事。"你到底有些什么样的打算呢，艾贝尔？"她问，"你愿意到邻居贾斯珀斯的理发店里去，成为他们那里最年轻的学徒，将来当一名留着额发、耳朵后面夹着一把梳子的理发师吗？"

"不愿意。"艾贝尔说。

"是啊，其实我最希望的是……我最希望的是，你能到我的店里来帮我。眼下，所有的事情都是我一个人做，而你恰恰可以出色地把花束送到客人手上……可是，"鲁夫妈妈急促地继续说道，"不行，艾贝尔，我知道，这是异想天开。你刚刚才把那株价值四块九毛钱的白星海芋掉到了泥沼里，又把送给市长先生的巨大的杜鹃花放在堤坝上，丢下它不管。你根本就没有把鲜花放在心上，你也没有把生意放在心上，你更没有把鲜花生意放在心上。也只能这样了。可是你总得做事吧？你愿意到修车厂去做学徒吗？那样，你就可以随心所欲地摆弄汽车了。"

"嗯，我不知道……"艾贝尔说。

事实上，艾贝尔每天都会来到堤坝上，在三棵榆树下站上一小会儿，注视着从面前驶过的庞大、宽敞的船只。他望着在阳光照耀下波光粼粼的河面，看着船只拐过一个弯道，消失在牧场之间……在那后面——很远的地方就是大海。那后面便是广阔的世界。那后面有着许多船只可以到达的神奇国度。艾贝尔最希望的就是能够离开这里，投身大海，拥抱自由，体会一切！见识一切！！所有的男孩都有这样的愿望，所以，他的愿望也不足为奇。

要知道，米德兰姆正在经历一些变化。经过了十年，它变得很大。米德兰姆变成了一座真正的城市，而其中最重要的原因就是抹布工厂。城市里已经开通了三条公交线路，它们分别是5路汽车、12路汽车和17路汽车。城市里还有两座电影院和一家很大的咖啡厅——皇冠咖啡厅。那里有露台，还放着音乐。而现在，令人不可思议的是，居然还有了一家百货大楼。它就是科诺茨百货大楼。这家商场非常大，在里面什么东西都买得到：有手帕，有鞋衬，还有……嗯，没错，什么都有。这家百货大楼除去底层，还有四层楼，它有真正的旋转门和巨大的橱窗，上方红色的霓虹灯拼出一行字：科诺茨。

盖这栋楼花费了将近一年的时间，现在终于完工了。天哪，好高的楼啊！所有的人都围在它的四周。它什么时候开张？他们问。下个月吗？咳，咳，我们这里可真是一座大城市啊！

鲁夫妈妈说："说不定，艾贝尔可以在那里找到一份工作，就在科诺茨。这样吧，我这就去一趟。我看见商场旁有一间办公室，那里有人在上班。"于是，在一个星期一的早晨，她戴上自己崭新的、配着一根绿色羽毛的棕色帽子，来到了科诺茨百货大楼的办公室。

办公室里坐着一位身材魁梧、肥硕的先生。他叼着一根雪茄，请她在椅子上坐下，然后说道："您的儿子？原来是这样啊，您说说，他几岁了？"

"十四岁，先生。"鲁夫妈妈说，"他个头比较小，不

过很结实，这一点我可以向您保证。而且他是一个机灵的男孩，非常机灵！他是一个结实、机灵的年轻人，先生。"

"他愿意当电梯工吗？"先生思考了一下，一边说，一边吐出一串烟圈。

"他什么都愿意做。"鲁夫妈妈说，"这个孩子什么都愿意做！"

可是她的心里却在想："哦，我的天哪，他什么都不愿意做，所以这份工作他也不会愿意做的。"

"让他今天下午到我这里来一趟。"先生说，"四点钟的时候来。我需要一位电梯工。他会得到一身红色的制服。"

鲁夫妈妈回到家里，一边摘下头上的帽子，一边说道："艾贝尔，你四点钟的时候到科诺茨百货大楼去一趟。你会成为一名电梯工，你会得到一套鲜红的制服，上面还有金色的滚边和银色的丝线，还有……电梯工到底是做什么的？"她迟疑了一下，问道。

"我也不太清楚。"艾贝尔说。他知道那一定是与"电梯"有关的一份工作，就是那个会上上下下的东西，可是他的脑子里也闪过了上下车的念头，想到可以坐上汽车，到很远的地方去。"我今天下午会去的。"他说。

从下午四点钟开始，鲁夫妈妈就变得十分忐忑。她心里七上八下，以致一不小心就把店里原本应当卖两毛钱的葡萄风信子卖成了一毛五分钱。

"怎么样?"当艾贝尔歪戴着帽子，冲进门来的时候，她问道。"我得到那份工作了。"他说，"下个星期三开始工作，到时候，商店就开业了。"

"我们可得喝一杯柠檬汽水庆祝一下，"鲁夫妈妈说，"外加一个切尔西果子面包。你是不是会得到一套红色的制服，上面镶着金色的滚边?"

"是的……"艾贝尔神情恍惚地说，"我还看见了电梯。他们说，它开得可快了。"

第二章

最上面的那个按键

  到了星期三的早晨，艾贝尔穿上了崭新的鲜红制服，制服上有着神气十足、闪闪发光的铜纽扣，长裤上镶了一道边，他的背心口袋上还有一排金色的小字：科诺茨。

  "哦，艾贝尔，"鲁夫妈妈说，"你看上去简直像极了阿富汗小王子，也像极了安道尔公爵！"鲁夫妈妈从来没有去过阿富汗和安道尔，可是这两个名字听起来十分美妙，况且，她真心觉得自己的儿子站在世界的顶端，受到了万众瞩目！

  艾贝尔十分不安地啃着涂了苹果酱的面包。

  "你该不会去观看开幕仪式吧？"他怯生生地问道。

  "我当然会去看啦。"鲁夫妈妈说，"你以为呢？难道我会错过百货大楼的盛大开幕？不用说，没有人会待在家里的。所有人都会去看。市长会亲自宣布开幕。况且我的儿子是那里的电梯工！"

"是啊，可是，"艾贝尔说，"你不会来坐电梯的，对吧？"

"我当然要来坐电梯了。"鲁夫妈妈喊了起来。

"是啊，可是，"艾贝尔说，"你得装作不认识我的样子才行啊！"

他最担心的就是妈妈会当着他的面对所有人说："这是我的孩子，我的儿子艾贝尔，他是不是特别可爱？"

"好的。"鲁夫妈妈说，"我什么都不会说的。我向你保证。我只会悄悄地给你递一个眼色，就像这样！"说着，她冲他挤了挤眼睛。

"那就好。"艾贝尔说。

新开张的百货大楼里人山人海，让人几乎插不进脚。看上去，那里简直和蚁丘一模一样。米德兰姆所有的居民都聚集在旋转门跟前。高高的大楼上彩旗飘扬。欢快的音乐声响了起来。管理部门的先生们全都在纽扣孔上插了一朵白色的鲜花。橱窗被装饰得十分美丽。所有的售货员小姐都穿着崭新、整洁的黑色长裙，站在自己的柜台前。卖雨伞的柜台前被围得水泄不通，因为市长会在那里发表演说，然后剪彩带。

这会儿，艾贝尔正站在电梯里，他独自一人，喃喃自语。之前的几天，他一直在家背诵要说的话："女士们、先生们，底层到了：雨伞、箱包、手套、珠宝首饰、针线盒！一楼到了：布匹、鞋子、帽子、玩具！二楼到了：音乐制品、书籍、家具、烧水壶！……"他必须牢牢记住每一层所卖的物品。他还仔细学习了所有的按键。每一个楼层都对应着电梯里独一无二的一个按钮。除此之外，还有一个"警报"按钮，用来以防万一。而最上方还有一个绿色的按钮。教他的那个人说，那个按钮没有任何作用。它只是做做样子而已。

"我谨此宣布，这家百货大楼正式开业，我们的城市也将就此成为一座国际大都市！"市长用雷鸣般的嗓音喊道。随后，他剪断了美丽的彩带。

"万岁！万岁！"人们大声呼喊着，冲向卖雨伞的柜台。

每个人都可以到餐厅喝上一杯免费的咖啡，吃上一块免费的苹果馅饼。餐厅在三楼，人们可以乘着电梯上楼。电梯能够同时容纳五个人。这可忙坏了艾贝尔，他絮絮叨叨地说着自己的台词："二楼到了，音乐制品、书籍、家具、烧水壶！"可是眼下，没有任何人对烧水壶感兴趣。他们一心想着三楼的咖啡。

艾贝尔的妈妈也在其中。她跟另外几位女士一同走进了电梯。没错，她遵守了自己的承诺，飞速地冲着艾贝尔挤了挤眼睛。艾贝尔看上去英俊极了，就像一位小将军，可是她一句话也没有说。等所有人都喝过咖啡之后，又有一个新的活动吸引了所有人的眼球。原来楼下有一个玩具娃娃的抽奖仪式，就在卖针线盒的柜台那里。

"哎呀呀，"艾贝尔说，"总算可以休息一会儿了……"

很长一段时间，一个坐电梯的人都没有。他坐在自己的小板凳上，两眼直盯着最上面那个绿色的按钮。它看上去像是一个真正的按钮。如果按下那个按钮，会发生什么样的事情呢？要不要按一下呢？咳，也许什么也不会发生。真奇怪，居然所有人都待在楼下看抽奖，谁也不想上楼去。或许……呀，有人来了。来的正是他的邻居——小女孩萝拉。她也住在教堂路上，而且还跟艾贝尔在一个班里上课。

"我还从来没有坐过电梯呢。"她说，"你可以送我到楼上去吗？"

"可以啊。"艾贝尔说，"进来吧。稍等一下，还有人要进来。"

一个男人走进电梯。他的脑袋圆滚滚的，皮夹克的领口围着一圈皮草。"哟，年轻人，"他说，"我得到四楼去。我想去卖地毯的柜台看一看。它是在四楼吧？"

　　"是的，先生，稍等先生。"艾贝尔说，"请您进来，女士。"一位女士走了进来。她的手里提着一个巨大无比的购物袋。"我想要买一个咖啡壶……"她一脸坚决地说，"或者叫作过滤壶。"

　　"您得去四楼，女士。"艾贝尔说。随后，他关上了电梯的玻璃门，思索了一下。除了萝拉以外，其他人都要去四楼。而对于萝拉来说，无论去几楼都无关紧要，反正她只是想去楼上而已。所以，他应该按下四楼的按钮。可是最顶端的那个小小的、绿色的玻璃按钮，如果他按一下的话，究竟会发生什么样的事情呢？他们会不会升到比四楼还要高的地方？

　　"行了，"领口围着皮草的男人说，"我们到底还走不走了？"

　　楼下卖针线盒的柜台前传来了一阵热烈的欢呼声。不用说，一定是有人赢到了玩具娃娃。艾贝尔伸出手，按下了最上面的按钮，也就是那个没有用处的按钮。

　　电梯猛地向上升起，飞快地冲向高处。

"哎哟哟!"萝拉喊了起来。她感到胃里一阵翻江倒海,十分不适。透过玻璃门,他们清楚地看见自己飞速地穿过一楼,随后是二楼,随后是三楼,随后是四楼……"这下我们到天台了。"艾贝尔的心里想。电梯并没有减速。他们听见轻微的爆裂声,玻璃发出咯咯的声音,简直就像是他们即将冲破玻璃屋顶一般……他们四个一同站在电梯里,透过玻璃门向外张望,惊恐得纹丝不动。电梯飞到了半空中!电梯从大楼里飞了出去,驶得飞快,就像离弦的弓箭一般,越飞越快,直冲云霄。

"我的天哪……"艾贝尔说,"我的老天爷呀!"

第三章

可以允许我做一个自我介绍吗

女士最先开了口。

"我只不过想要一个咖啡壶而已,"她说,"就是那种过滤壶,你知道吗?"她紧紧地盯着艾贝尔,似乎在说:"难道非要飞到这么高的半空中才能买得到吗?"

其他人没有说话。他们绝望地透过电梯的玻璃门,望着下面。那儿——在他们脚下,坐落着米德兰姆。那里是科诺茨百货大楼,它正变得越来越小。快看哪,那里是抹布工厂。那里是大广场和大教堂。那里是堤坝,上面有三棵大榆树。那里流淌着的是蔚蓝色的、波光粼粼的河流,它看上去就像一条蓝色的丝带,飘落在绿色的田野上,周围散落着几栋红色的房屋。

"我的天哪!"艾贝尔又一次喊出了声,他绝望极了。

"是啊,你倒是给我说说看,"领口围着皮草的男人说,"这到底算是怎么一回事?"他恶狠狠地盯着艾贝尔。

"我……我……"艾贝尔结结巴巴地说,"我按了最上面的那个按钮……您看,就是这个……这个绿色的按钮……然后就……"

"这部电梯是谁负责的?"男人严厉地追问道。

"是……是科诺茨百货大楼的……"艾贝尔说。

"不是,"男人说,"我的意思是它是哪家工厂生产的?电梯总是由电梯工厂生产出来的吧?哦,这里一定写着呢。"他探了探身子,看着电梯上方镶嵌着的铜色字样。"布鲁默……"他喃喃地读道,"布鲁默……就是那家工厂的名字。咳,我不得不说……这电梯真是没用的废物!一堆垃圾!"

随后,他闭上了嘴,朝外面望去。地面上的一切都变得越来越小,看上去就像一座玩具城。看哪,那里行驶着一列微型火车,还有那些小白点,它们是奶牛吗?他们只觉得电梯依旧在升高,升得越来越高!

"我们是不是就快到天堂了?"一个微弱的声音响了起来。原来是萝拉。过了这么久,她还一句话都没有说

过呢。其他人全都看着她。萝拉是一个非常可爱的小女孩，她留着一头短发，黑黑的，卷卷的。她兴奋极了，脸蛋涨得红扑扑的。她的眼睛闪烁着光芒……显然，她觉得所发生的一切简直精彩绝伦。

"不是。"领口围着皮草的男人说，"至少，我希望不是。我想，我们会一直升到平流层上。那里的空气很稀薄，对于我们人类来说，已经稀薄过头了。那里非常危险，还没到月亮上，我们就已经闷死了。"

这可不是什么好消息。艾贝尔被吓得脸色惨白。女士终于忘记了她心心念念的咖啡壶，也被吓得不轻。"您的意思是，我们再也回不去了？"她问道，"难道我们就不能按一下最下面的那颗按钮吗？那样我们不就能回去了吗？"

艾贝尔觉得这是一个很好的主意。他伸出手，打算去按写着"底层"两个字的按钮。可是男人挡住了他的手。

"别按，"他着急慌张地说，"等一下，年轻人……要是我们以这样的速度着陆的话，说不定就要被摔得粉身碎骨了。我们还是先好好地想一想，然后冷静地讨论一下到底该怎么办。可以允许我做一个自我介绍吗？我的名字叫德普，是消灭飞蛾公司的。"

他把手伸向那位女士。她点了点头，说道："我是克拉德亨老师。"

"是唱歌培训班的吗？"德普先生问。

"就是唱歌培训班的。"克拉德亨老师说，"您认识我吗？"

"当然了。"德普先生说，"我以前还上过您的课呢……哆来咪发梭拉西哆……"他唱了起来，随后大笑不止。

"瞧瞧，瞧瞧，"克拉德亨老师咯咯咯地笑道，"从前的学员，太有意思了。""你们叫什么名字呢，孩子们？"她问道，"我不认识你们。"

"我叫艾贝尔·鲁夫。"

"我叫萝拉·甜心弗里特。"

"来吧，"德普先生说，"我们先到那儿坐一会儿吧。这张小板凳上刚好能坐下我们四个人。然后我们就可以心平气和地谈一谈目前的状况了。"

于是，他们全都坐了下来，四个人排成了一排。艾贝尔是四个人中最最惊慌失措的。他心烦意乱，以至于他的蓝眼睛都变得呆滞了。说到底，这全都是他的错。他为什么要按下那个错误的按钮呢？他不住地发抖，连身旁的德普先生都感觉到了。"怎么了，小子？"他问，

"你很害怕吗?"

"这全都是我的错……"艾贝尔结结巴巴地说,"要是我乖乖地按下四楼的按钮的话……"

"别再提是谁的错了,"德普先生和蔼地咕哝道,"这不是谁的错。这完全是电梯的问题,我这辈子还从来没有坐过会莫名其妙就飞上天的电梯呢。可是,你们感觉到什么东西了吗?"

电梯有些异常,他们似乎停在了空中。所有人都感觉到了一记颠簸,就像一阵颤抖……随后……

"我们是要下去了吗?"萝拉小声地说。她的嗓音里透着一股失望。

艾贝尔从板凳上蹦了起来,朝外面望去。

"我想,"他说,"我想我们已经不再往上升了,而是向前飞,平着向前飞,反正就是那个意思。我们正平行地飞过地面呢。"

"瞧瞧,瞧瞧,"克拉德亨老师说,"这么说来,我们到不了天堂,也不会到那个没有空气的大气层,而是向前飞。好吧,我是真的高兴不起来。不管怎么样,我都赶不及去上三点钟的课了。所有的孩子都只能坐着干等了。"

萝拉却突然手舞足蹈起来。她短短的卷发跟着一颠一颠的。

"我不用去上学了！"她欢呼着，"我用不着去上学了！"

"你还在上学吗？"艾贝尔问。

"是的，"萝拉说，"我在上中学。不过，我今天就用不着去啦。"

"咳，"德普先生说，"我也要失信于人了。我今天下午原本是要跟科诺茨的领导开会的，讨论怎样消灭地毯柜台的飞蛾。这下，他们一定会聘请另外一家灭蛾公司了。可我还带来了这么多的材料。"他把手伸进公文包里，翻出了几个樟脑球。"好极了……"他喊道，"任务完成！顶级灭蛾球！"

艾贝尔依旧站在玻璃门跟前，看着外面。既然大家都认为他没有错，那么他就可以享受这次奇遇的乐趣了。他们会到达什么样的地方？对此，他一无所知。这部电梯到底会不会停下来？它究竟能飞多久？突然，他想到了自己的妈妈。哦，太糟糕了……她该多么担心啊。科诺茨百货公司里的人们一定觉得无法理解。他们只知道电梯不见了，彻底消失不见了，从屋顶消失了。

也许他们会到周围找寻一番。或者……说不定有米德兰姆居民看见他们从空中飞过……在高高的半空中……艾贝尔胡思乱想着。可是，突然，他大声地喊道："快看哪！快看哪！"

所有人都急急忙忙地跑到门口，朝外张望。他们飞到了大海上空。他们的脚下是一望无际的北海。一部分的水面在阳光的照耀下折射出蓝色的光芒，然而，天空中也聚集起了云朵，这让另一部分的水面变得灰暗而又阴沉。

在离他们很远的海面上行驶着一艘小船。也许它是一艘巨大的客轮，不过，反正它看上去非常小。

"我很饿。"萝拉说。

第四章

我们该拿这部电梯怎么办

我很饿,萝拉说。所有人一听见这话,全都觉得饥肠辘辘了。他们被困在电梯里,在不眠不休的海面上方飘荡……下面的是北海吗?说不定已经到大西洋了……不管怎样,反正就是无边无际的海水……他们怎么才能弄到食物呢?他们全都饿了。艾贝尔只是在早饭的时候吃了一片面包加苹果酱,之后就再也没有吃过东西了。而他因为太紧张,就连那片面包也还剩了一半。

"你们谁都没有带吃的吗?"德普先生问,"只可惜,我自己什么都没有,只有几个顶级灭蛾球。"

"我有一把大黄,"克拉德亨老师说,"是今天早上在菜市场买的。除此之外,我什么东西都没有了。"

"我只有一个苹果。"萝拉说。他们四个人把苹果分了。随后，艾贝尔把手伸进他漂亮的红色制服西裤，从裤子口袋里掏出了一小盒甘草糖。

"我想……"德普先生经过深思熟虑后说，"我想，我们要永远坐在这部电梯里，不停地绕着地球飞了，就像一个天体一样，不停地绕圈。我们再也不会降落了。也许会有过往的飞机发现我们，然后四处传播，说我们是一个怪异的现象。人类会用望远镜一类的东西观测我们……可即便那样，他们也帮不了我们。我们会被饿死，直到几个世纪之后，我们的骷髅才会被人发现……"

"见鬼，别再讲你的恐怖故事了。"克拉德亨老师说，"不要耸人听闻！我身上都起鸡皮疙瘩了。"

"那是什么？"德普先生问道，"发生什么事了？这是怎么一回事？"

"我们在降落！"萝拉大声地嚷嚷起来。

"吁，"克拉德亨老师喊道，"我感觉到了，连胃都觉得难受了。"

"是啊，"艾贝尔轻声回答，"我按了最下面的那个按钮。我按了写着'底层'的那个按钮。我们这就要落下去了。"

"蠢货!"德普先生嚷嚷起来,"废物!我们全都会被淹死的!这是绝对行不通的!我们会落到大海里!!我这就去按最上面的那个按钮……快点……它在哪儿……我们必须升回空中去!"

"不行,不行!"艾贝尔坚定地喊道。他觉得自己就是这艘空中飞船上的船长。他已经下定决心要努力降落了。无论如何,他们总得采取一些行动才行。"不许碰!"他瞪大了双眼喊道,"我们先看看到底会发生什么!"

德普先生嘀咕了几句,然后转向其他人,问道:"你们觉得呢?"

"降落!"萝拉喊道。她觉得这开启了一次全新的奇遇。

"降落。"克拉德亨老师说,"我们还是先看看它到底会怎么样吧。不管怎么说,至少我们也能在下面搭上一艘船吧。"

"可是我不会游泳!"德普先生抱怨道。

"我会,"艾贝尔说,"而且萝拉也会,是不是,萝拉?"

"完全没问题。"萝拉说,"要是落到水里的话,我们两个可以一起把其他人托起来的。"

于是，他们四个一同站在玻璃门跟前，屏住呼吸，眼瞧着下面的东西变得越来越大。几只肥硕的海鸥绕着电梯盘旋。他们看见一艘船，甚至能清晰地辨别管子和桅杆。这时，他们看见了海浪——巨大的、灰蓝的海浪。他们的速度很快，飞快地落了下去。电梯会怎么样？他们会不会猛烈地撞到水面上，然后迅速地沉下去？他们会不会消失在几百米以下的大海深处呢？海水会不会立刻就涌进电梯里呢？艾贝尔差一点儿就要伸出手去按最上面的那个按钮了。他做好了准备，一旦触到水面，就按下按钮。

"呜，太可怕了！"克拉德亨老师喊了起来。她无法直视底下汹涌起伏的海水，她向后退了几步，用手捂住眼睛。

德普先生把公文包紧紧地夹在胳肢窝下面。看来，他很害怕自己钟爱的顶级灭蛾球会被沾湿。

只有萝拉和艾贝尔依旧死死地盯着下面。艾贝尔的脸色变得煞白。萝拉双颊变得红扑扑的，两只眼睛忽闪忽闪的。

突然间，电梯里传来一阵骚动，就好像他们被人提了起来，随后又被丢了回去。

"我们到了!"艾贝尔喊道,"我们在漂浮呢!我们到达底层了!女士们、先生们,底层到了:雨伞、箱包、手套、珠宝首饰、针线盒!"他松了一口气,神经质地笑了。

"不对,没有那么理想。"克拉德亨老师说,"我们漂浮在大海的中央。而我的包里还是除了大黄什么都没有,况且还是生的大黄。你们快看看附近有没有船。"

他们一艘船也没有看到。

"也许我们可以撑一面旗子起来。"德普先生说。

"是啊,可以用衬衣之类的东西,"艾贝尔说,"就像遭遇了海难的人所做的那样。只是……我们绝对不能把那扇门打开,这绝对不行。海水会立刻就涌进来的。"

"可以预见的是,我们已经离家越来越远了。"克拉德亨老师说。

"不是的,事实并不是这样。"德普先生说,"我们已经知道了这个东西可以做些什么。我们已经知道,它可以上升,可以下降……它可以升到很高的空中,可是过了一段时间之后就只会平着向前飞了。说不定,我们可以驾驶它呢。只不过,我们得知道怎样才能驾驶。"

"我们还是回到空中去吧。"萝拉说。在她看来,他们应该做些新鲜的事了，她可不喜欢长时间不变。

艾贝尔想了一下。

"我想，"他说，"我想我们可以轻易地回到空中，只要那个按钮管用就行。我们得仔细看看到底想要落在哪儿。我们不能再落到大海上了，应该到陆地上去……找一座城市，那里才有食物。我们这就出发。"他按下了最上面的那个按钮——绿色的玻璃按钮。

唰……唰……海水扑打在电梯上，发出声响……这时，传来一阵颠簸声……他们升到了空中，笔直而又飞快地升到了空中。

第五章

着陆

"总算好了。"克拉德亨老师说,"我们又飞起来了。我们是不是又在向前飞了?该不会还在向上飞吧?"

"是向前!"艾贝尔说,"还是同一个方向,朝着西面飞。"

"如果我织东西的话,你们不会介意吧?"克拉德亨老师说,"宝贵的时间不能就这么白白浪费了,要不然就太可惜了。"她拿起一条织了一半的面包裤,继续织了起来。"这是给我小外甥的。"她一边说,一边把那个东西举了起来。它太可爱了!所有人都这样觉得。

"我妻子也会这样觉得……"德普先生喃喃自语,"如果我六点钟还不到家的话,她一定会很生气。她会说，他肯定又到皇冠咖啡厅去了。"

"那么她一定会给皇冠咖啡厅打电话的。"萝拉说。

"肯定会。"德普先生说，"她一定会那样做。然后，她就会打听到我并不在那儿。到时候，她就会更加生气了。她一定会以为我去了保龄球俱乐部。"

"那么她就会给保龄球俱乐部打电话了。"萝拉说。

"当然了。"德普先生说，"结果她会发现我也不在那儿。到时候，她就会开始担心。接着，她会给所有认识的人打电话，四处询问我的去向。可是哪里都找不到我……我哪儿都不在……"德普先生啜泣起来。

"乔塞亚斯·德普！"克拉德亨老师严厉地说，"不许这么悲观！我可以叫你乔塞亚斯吧？从前在我的唱歌培训班上，我就是那样叫你的。乔塞亚斯·德普，你给我注意点。"

"我妈妈也很担心。"艾贝尔说，"当然了，我们的家人全都会很担心，可是我们又能怎么办呢？"

"我的爸爸和妈妈，"萝拉说，"他们在曼谷。"

"在曼谷?"德普先生喊了起来，"他们去那种地方干什么?"

"我爸爸在那里上班。"萝拉说，"我住在我的姨妈家，就在艾贝尔家的隔壁。那个姨妈很恐怖。我很高兴可以在天上飞，这样我就永远永远、永远永远都不用回去了。"

说着，她趴在地上，伸出双腿，环绕住自己的脖子。她的柔韧性非常好，简直好得吓人。

"我的天哪。"克拉德亨老师喊了起来，"你是一名柔术演员，孩子！"

"是啊，"艾贝尔说，"她的柔韧性特别好，无论什么动作都可以做。可是她的姨妈没有她说的那么恐怖，只有一点点恐怖罢了。我认识她姨妈，她是我们的邻居。"

"如果我们明天还到不了家的话，我的妻子一定会哭的。"德普先生说，"如果我们后天还到不了家的话，她一定会以为我已经死了。到时候，她就会穿上黑色的衣服，在名片上印上'德普遗孀'。如果我很多年后回去的话，她就会说：'您是谁？我不认识您。'"

"您觉得我们要等很多年后才能回去吗？"萝拉一边问，一边缓缓地舒展开四肢。

"我想，我们永远也回不了家了。"德普先生哀叹道，"我想，这个可恶的电梯还会变出许多花样来，然后脑洞大开，四平八稳地落到大海里。一部随随便便就会冲破屋顶、飞到半空中去的电梯，一定什么事都能干得出来。不管怎么说，它是一部有魔力的电梯。如果电梯都已经可以自由地飞到空中的话，还要我们这些现代人和现代技术做什么？用不了多久，我们就会掉到海里，很多天以后才被人发现。到那时候，我们已经被冲到冰岛的海岸上了。"

"乔塞亚斯！"克拉德亨老师一边大声地喊，一边用编织针指着他，"乔塞亚斯，你是一个懦夫。你真是个话痨，乔塞亚斯！看看这两个孩子吧……艾贝尔还好端端的呢，是不是，艾贝尔？"

"我想，我们应该很快就会到某个地方了。"艾贝尔一脸严肃地说，"看哪，太阳已经渐渐地落下去了，我们已经在这个东西里面坐了好几个小时了。我们肯定会飞过某片陆地的上空。一旦看见一个合适的地方，我们就把电梯降下去，然后走出去。"

"哦！"德普先生叹了一口气，"我们到不了海岸了。我的妻子要变成遗孀了！如果我有孩子的话，他们就得成为单亲家庭的孩子了。不过，我没有孩子。"

"在米德兰姆，所有人现在都在忙着摆餐桌，"艾贝尔说，"端上土豆当晚餐。而我们却在大海的上空。"

"孩子们，"克拉德亨老师一边喊，一边放下了手中的面包裤，"孩子们，我们得想个办法才行。我再也受不了了。"她打开自己的购物袋，在大黄中间翻腾起来，最终掏出了一柄音叉。"得了，"她说，"我们唱会儿歌吧。"她用音叉敲打了一下电梯。嗡嗡嗡……响声四起。

　　"啊——啊——啊——啊——"克拉德亨老师唱了起来，"开唱吧……我们的船儿轻轻地划……你们会唱吗？"

　　"会，克拉德亨老师。"艾贝尔说。

　　"你们叫我克拉德亨就好了。"克拉德亨老师说，"我不喜欢别人叫我老师。来吧，萝拉，来吧，乔塞亚斯，我数到四，一……二……三……四……"

　　"我们的船儿轻轻地划……"他们一同唱了起来。声音美妙极了。

　　"电梯里的合唱团真棒啊！"克拉德亨说，"这简直是天籁之音！现在我们试试分四个声部来演唱。萝拉，你唱女高音，我唱女低音，艾贝尔唱男声最高音，德普先生唱男高音。我让你们听一听音高……"嗡嗡嗡……音叉的声音响了起来。"注意了。"克拉德亨说。

　　经过一刻钟的练习，这首四声部的歌曲已经十分令人动容。

"我们可以靠这首歌到处登台了，"克拉德亨说，"无论哪儿都不怕。我们就叫米德兰姆四叶草组合。"

他们专心致志地唱歌，连天色已经暗了下来都没有发现。海面上折射出一道蓝幽幽的光芒。月亮升了起来。艾贝尔站起身，走到门口。"灯光……"他压低声音说道，"到处都是灯光……"

"真的吗？真的吗？"另外三个人急忙冲到他的身旁。

"灯光……"德普先生喊道，"那么多的灯光！那里是城市！一座大城市！快看哪，简直就是灯光的海洋！看那儿，那么高的大楼，到处都是灯光！哟，那个……那个……见鬼，那一定是纽约了！那边的那个东西，那不就是自由女神像吗？刚好还能看得出来。还有那个，那栋摩天大楼，那一定是帝国大厦了。天哪……我们到美国了。这里是纽约！"

萝拉上蹿下跳，发出欢喜的尖叫声。

"可是我们要怎么才能着陆呢？"艾贝尔问道，"我怎么敢在这样一座大都市的上空按下'底层'的按钮呢？"

"我们总得冒点险才行啊。"克拉德亨说，"我们必须这样做。不过，我们得先好好观察一下，等到了城市上空再按。"

他们默不作声地等待着，看见下面有着各式各样的灯光，下面简直成了一片灯光的海洋，几架飞机从低于他们几百米的空中呼啸而过。

"按！"克拉德亨说。

艾贝尔按下了写着"底层"两个字的按钮。于是，他们便下降了，全速下降。

他们全都闭上了眼睛。所有人都屏住呼吸。究竟会发生什么事……他们会落到哪里……忽然，他们就像在海上那回一样，又一次感觉到一阵轻微的颠簸，轻微得几乎感觉不到。

他们停了下来。

第六章

烤土豆

"我们到了。"艾贝尔用颤抖的嗓音说道,"我们到了!女士们、先生们,底层到了……珠宝首饰、针线盒……"

"你确定吗?"克拉德亨老师说,她的手依旧紧紧捂着眼睛,"我不敢看。我一点儿声音都没有听到。我还以为纽约是一个喧闹的城市呢……"

艾贝尔和萝拉不安地朝外面望去。

"有一棵树,"萝拉说,"一棵非常普通的树。"

"除了树,还是树。"艾贝尔说,"我们该不会还是落到郊区了吧?看哪,好像是牧场,有青草!除此之外,我什么都看不见。外面已经是漆黑一片了。"

"让我看看。"德普先生一边说，一边走过来，像一堵墙一般站在门口。

"哎呦喂！"他禁不住喊了起来，"我明白了！我们在公园里。"

"是中央公园。"艾贝尔喃喃地说。

"你说什么？"萝拉问。

"中央公园，纽约市中心的大公园就叫中央公园。我不久前刚刚读到过。"艾贝尔说。

"这个小家伙说得没错。"德普先生说，"它的名字就是叫中央公园。我们就在这个公园里。"

"这样啊。"克拉德亨说，"瞧瞧，瞧瞧，那么我们该怎么办呢？"这群家伙中没有人知道该怎么回答她的问题。

"不管怎么说，我们得先想办法弄点吃的。"萝拉说，"我特别想吃烤土豆，外加苹果泥。"

艾贝尔打开门。他们一个接一个地从电梯里走了出来。他们所在的大草坪笼罩在月光下。远处，有一个蔚蓝的池塘波光闪耀。它的周围停靠着洁白的船只。周围一个人也没有，只有一些汽车的灯光一闪而过，说不定有一条公路从公园中横穿而过。

"你们待在这儿别动。"德普先生说，"我先去摸摸情况，找些吃的。"

说完，德普先生便消失在了夜幕中。

"好奇怪啊，是不是?"艾贝尔说，"我们居然来到了纽约的中心。深更半夜的……至少天已经黑了。这可是真正的奇遇啊!"

"咳。"萝拉说。她在草地上跳了几个舞步，随后倒立起来，变成了月光下的一个头脚颠倒的女孩。

"我们急需弄到的一个东西，"克拉德亨说，"就是可以挂在玻璃门上的纱帘。等到了明天早上你们就知道了，纽约城所有人都会拥到这里来看我们。而我们却只能坐在玻璃门后面，由着所有人随便看。而且我们还需要毯子。我们总得在我们的小房子里睡一觉吧。这部电梯还真是一座可爱的小房子呢，你们不这么觉得吗?"

他们三个一同仔细看了看矗立在大公园中央的电梯。是啊，这个东西的确可以成为一个微型房屋。谁也不会想到，只要按一下按钮，这个东西就会像一架喷气式飞机一样冲到半空中。

"德普先生回来啦。"萝拉喊道，"哦，快看哪，他都带了些什么东西回来呀?"

"这个乔塞亚斯啊。"克拉德亨说,"你这是一身什么打扮啊?"

德普先生看上去就像一个卖地毯的小贩,全身上下裹满了布匹。

"咻,"他说,"纽约这地方可真热啊。我们那里还是春天,这里却已经完全入夏了。不过我还是觉得……我们需要一些毯子,万一半夜天凉的话就能用得上了。"

"那是个什么东西?"萝拉喊道,"您带了个什么东西回来?它还会动呢!"

"是一只兔子,"艾贝尔喊道,"一只黑白相间的兔子!"

"把他生吃了。"德普先生说。

"不行!!"其他三个人满怀同情地喊了起来,"好可爱的兔子啊。"

"呃,乔塞亚斯,"克拉德亨老师说,"你怎么活成一个原始人了呢?我们总不能在公园里头开吃吧?而且我们要吃的还是生龙活虎的兔子。"

"好吧,"德普先生一边拭去额头上的汗珠,一边说,"好吧,那我还是把它放了吧。"他把兔子放到地上,兔子欢天喜地地蹦远了,它洁白的小尾巴在月光下闪烁着光芒。

"这些是毯子。"德普先生一边说,一边把身上的毯子放到地上。毯子一共有五条,全都是美丽的格子毯子。"还有这些……"他神秘兮兮地从皮夹克的大口袋里掏出了一些盒子。

"什么东西?什么东西?"其他人好奇地喊了起来。

艾贝尔伸手抓起一个盒子,盒子冰冷冰冷的。

"那些是烤土豆。"德普先生说,"我这里还有烤鸡蛋加火腿。这个里面装的是生菜。一应俱全。外加柠檬和蛋黄酱。"

"嗯?"克拉德亨问。

"是刚从冷藏箱里拿出来的!"德普先生咆哮道,"这里所有的东西都是从冷藏箱里拿出来的。我们得生一团火,然后把这两口小锅架到火上……"他从巨大无比的裤子口袋里掏出了两口小锅和四个勺子。

"乔塞亚斯,"克拉德亨用冷冰冰、硬邦邦的声调说道,"乔塞亚斯,你能不能直截了当地告诉我,这些东西是从哪里弄来的?乔塞亚斯,这些可不是什么清清白白的东西吧?"

德普先生并没有立即回答她。他已经动手捡起木柴

和树枝来了，随后又拿出了打火机。"真是干枯、好用的木头。"他嘟哝道，"帮我一把，艾贝尔。"

艾贝尔跪倒在火焰前，用双手环绕着火焰，吹了起来。"我用石头把它围起来。"他说。趁着两位男士捣鼓火的工夫，萝拉把纸盒全都拆开，被冻得僵硬的食物从里面落了出来。

"太香了，烤土豆。"她叹了一口气。只有克拉德亨依旧愤愤不平地哇啦哇啦说个不停，一边说，一边像一个道德模范似的围着他们乱蹦乱跳。"你是从哪里弄到这些东西的？先告诉我你是怎么弄到这些东西的，是不是偷来的？"

"我会向你解释的。"德普先生说，"稍等一下。"火苗发出欢快的噼啪声，火焰的上方支着两口小锅。艾贝尔感到幸福极了。有谁会想到，他能够来到世界上最大的大都会，并且在这个城市的中央公园里的一棵大树下面露营，燃起真正的篝火，吃着顺手牵羊得来的烤土豆？它们真的是顺手牵羊得来的吗？

"离这里一公里远的地方有一个小饭馆。"德普先生说，"你知道的，就是那种流动的小饭馆——一辆巨大的车，车里车外尽是东西。我去了那里，敲了敲门。我对他们说：'我的名字叫德普，我是灭蛾公司的。'他们说：'哦，德普先生，我们等您到来已经等了很久。我们都快被飞蛾烦死了！'我说：'给。'便递给了他们灭蛾球。给了好多呢！于是，他们说：'你想要什么就拿什么。'搞定！"说着，德普先生得意扬扬地指着装满食物的小锅。这些食物已然香气四溢。

"我一点儿也不相信。"克拉德亨说。可是，不一会儿，她还是拿起了一个勺子，跟其他人一同吃了起来。

所有人都围着小锅狼吞虎咽起来。生菜依然冰凉冰凉的，可是他们还是吃得津津有味。月亮散发出柔和的光芒，池塘宁静而又明亮。树叶发出沙沙的声响。似乎，他们是全纽约唯一的居民。

"我们该睡觉了。"德普先生说，"每个人都钻到自己的毯子里去。明天又会是新的一天。我们到时候再看该怎么办。"

他们全都钻进了电梯里，那就是他们的小房子。

克拉德亨老师小心翼翼地把第五条毯子挂在玻璃门上。

第七章

中央公园里的早餐

"我到底在哪儿？"艾贝尔在心里想。

他睁开惺忪的睡眼，半梦半醒。

他朝着门口望去，门上挂着一块格子花纹的羊毛窗帘。

他的身子底下硬邦邦的，连一个枕头都没有。天气中有一丝凉意。

他睡意未消，心里想着："我的自行车在哪儿？在我家——遥远的米德兰姆，我的小房间里原先摆着一辆漂亮而又崭新的自行车。可是眼下自行车却不见了。"

这时，他看见自己的身旁有一个圆滚滚的大脑袋，这人衣服领口上还围了一圈皮草。原来是德普先生。他沉沉地睡着。忽然间，艾贝尔回想起了发生的一切。他们四个一同躺在电梯里……有克拉德亨老师，有德普先生，有萝拉，还有他自己……他们全都乘着这个玩意儿飞到了纽约。这真是一次奇遇，而这样的奇遇还没有结束……

"萝拉！"他小声地叫唤道。

"哇呀呀！"萝拉嚷嚷起来，"是的，姨妈，我已经起床啦。"

一个稀里糊涂的小脑袋从毯子底下露了出来。她困倦而又讶异地看着艾贝尔。

"是啊，"艾贝尔说，"现在你想起来自己在什么地方了吧？"

"老天爷呀。"萝拉说，"你说得没错。我今天仍然不用去上学。好开心哪！"她从毯子下面钻了出来。艾贝尔也和她一样。他们两个一同蹑手蹑脚地打开门，只怕把其他人吵醒。

天蒙蒙亮，阳光照射在嫩绿色的青草地上。他们看见远处的池塘上漂浮着几艘划艇，看来有人比他们起得更早。

"来吧，"艾贝尔说，"我们去走走。"天气舒适极了。

几个小学生从他们身旁走过。学生们的胳肢窝里夹着小船，那是一些很小的帆船，他们叽叽喳喳地交谈着。

"你懂英语吗？"艾贝尔问。

"懂一点儿。"萝拉说，"可是，他们说的话我一点儿也听不懂。他们说的是美式英语，这跟我们在学校里学的英语很不一样。"

"他们说的是'No'和'Yes'。"艾贝尔说，"就是'错'和'对'的意思，这些我也明白。"

这几个陌生的孩子看了看他们，又看了看电梯。可是他们并没有停下脚步。似乎，在他们眼中，草地的中央坐落着一栋钢铁小房子，门口还挂着格子窗帘，这并没有什么稀奇的。

"你想家吗？"萝拉问。

"不想。"艾贝尔实事求是地说，"可是妈妈一定很不安。这太惨了。"

"是啊。"萝拉说，"不过，这也是没有办法的事情。我们得想办法弄点钱。这样才能买到吃的东西。"

"也许我们可以去赚些钱回来。"艾贝尔说，"我可以在这里找一份电梯工的差事。"

"我要做艺术品。"萝拉说，"我会在公园里做出漂亮的艺术品来，赚大把大把的钱。哦，快看那儿！"

"是昨天的那只兔子。"艾贝尔嘟哝道。他说得不错。扑通，扑通，扑通，那只黑白相间的兔子欢天喜地地朝他们蹦了过来。

"你好啊，小乖乖。"萝拉喊道，"你是回来找我们的吗？你昨晚独自在公园里是不是特别孤单？来吧，你是属于我们的，你是我们最可爱的兔子。你是一只地地道道的美国兔子吗？我们就叫你山姆吧。"

山姆开心极了。它不停地摆动洁白的小尾巴，乖巧地啃着一片青草。

"喂！"他们听见一声呼唤。原来是德普先生，他正站在电梯的入口处，身上还搭着一截格子毯子。

"我去泡个澡。"他喊道，"你们要跟我一起去吗？"

"我们要是能有一块小毛巾，"克拉德亨一边跟在他的身后，一边发着牢骚，"还有一小块香喷喷的肥皂就好了。"

"来吧，来吧，"德普先生说，"你可别忘了，我们是开拓者。我们是第一批乘着电梯环游地球的人。当早期的荷兰人来到这里，在这片土地上建立起新阿姆斯特丹的时候，他们也没有毛巾 。我们到池塘里去。"

"你自己一个人到池塘里去吧。"克拉德亨不满地哼哼道，"我还要保持我的形象呢。"

她得体地站在池塘边，只微微沾湿了自己的手和脸。艾贝尔和萝拉在水里嬉戏起来，德普先生在离他们不远的地方游泳。他把内裤当作游泳裤穿在身上，可是没有了皮草领口的他看上去光溜溜的，很是奇怪。

等他们在水中嬉闹够了，回到岸上时，公园里也变得比先前更热闹了。公园里有不少小孩和小狗，时不时还能看见几个保姆，用婴儿车推着小宝宝。可是谁也没有看向他们，甚至没有人注意到公园里多了一部电梯。

"瞧见了吧?"德普先生说，"要是在荷兰的话，这里早就被人围得水泄不通了。"

"不管怎么说，我还是想给这扇玻璃门装一块纱帘。"克拉德亨说，"我今天一定要去弄一块纱帘来。"

"我倒是觉得早餐更重要。"德普先生说，"看看我这里有什么！"他把手从皮夹克里伸了出来，手里拿着一包饼干。

"其实昨天晚上就已经有了，"他说，"是我特意留下来当早餐的。只可惜，我们没有咖啡。"

"我们总算可以把大黄煮了。"克拉德亨说。

"我这就去生火。"艾贝尔说，"不过不是在草地上，因为这是明令禁止的。我们就在电梯的地板上生火吧。"

他们蘸着热乎乎的大黄酱，吃着饼干。这可真是一顿美味的早餐啊。

"好了，"德普先生一边用手帕擦着嘴，一边说道，"我们现在应该制订一份'今日计划'。"他盘起双腿，坐在草地上。虽然温度正在渐渐升高，可是他却又重新穿上了那件与他密不可分的、领口围着一圈皮草的皮夹克。

"第一点，"他说，"我们必须努力赚钱，首先要赚到买食物的钱。"

"首先要赚到买纱帘的钱。"克拉德亨不满地苛责道。

"天哪，别再说什么纱帘了。"德普先生说，"我受够了。"

"哎哟，哎哟，快听听啊，"克拉德亨说，"你怎么能这么粗鲁呢，乔塞亚斯？我只是希望在电梯里的时候能够体面一些。要不然，你们就别算上我。就这样。"

"好吧，那您就赚钱买纱帘吧。"艾贝尔说，"我这就出发，去找一个有电梯的地方。这周围一定有。"他朝着公园的外围望去。高大的树木后面林立着摩天大楼，那些楼足足有二十层楼那么高，甚至，说不定比二十层楼还要高。

"我会带上我的顶级灭蛾球的样品出去试试，"德普先生说，"要是卖不出去的话，我就是废物。"

"我去组一支队伍。"克拉德亨噘着小嘴说，"组一支规模可观的队伍，就在这个公园里。""当然了，是歌咏队。"她补充道。

"那我就留在这里看着电梯，"萝拉说，"还能一同看着山姆。我还会为公园里的人表演节目。我可以表演各种各样的舞蹈。"

"欧可了，"德普先生用奇怪的美语说，"你们到底会不会说英语？"

"我会，"萝拉说，"会一点儿。"

"我不会。"克拉德亨说。

"我也不会。"艾贝尔说，"不过我有办法搞定。"

"我的英语十分流利。"德普先生说。他站起身，说道："还有最后一件事！我们绝不能迷路。我们所有人都必须清清楚楚地记住电梯的位置。今天下午，我们全都要回到这里，然后一起吃晚饭。这样吧，就约六点钟。"

萝拉走到电梯门边，在草地上坐了下来。其他人全都出发了，每个人都走向不同的方向。克拉德亨带着她的购物袋，走向公园的深处。艾贝尔朝着摩天大楼走去，而德普先生则一步一个脚印地朝着公路走去。

萝拉有一丝毛骨悚然的感觉。她独自一人留在了公园里，在陌生的国家里，所有人都说着英语。不过，她不是还有山姆吗？山姆正围在她的身旁，欢天喜地地蹦来蹦去呢。她动手收拾起早餐过后一片狼藉的电梯，随后，又把四条毯子全都叠得整整齐齐。

第八章

纽约

"哦，真该死，"艾贝尔在心里想，"我还从来没有遇到过这样的事呢！"

他来到宽阔的林荫大道，站在人行道上。汽车排着长队，一辆接一辆地从他面前驶过。这样的马路可不是随随便便就能穿越的。各种嘈杂的喧闹声在他的周围此起彼伏：小汽车的声音、公共汽车的声音、头顶上空的飞机的声音，还有那些数不胜数的高楼里传出来的声音！

这里的一切与米德兰姆的科诺茨百货大楼很是不同。科诺茨百货大楼总共只有四层楼，可是这里的楼却有六十层，或是上百层……他必须把脑袋仰到脖子后面，才能看见大楼的顶端。

艾贝尔心里想："要是伙伴们看见我站在这儿，他们会说些什么呢？""伙伴们"指的是他在米德兰姆的朋友们。他想："等我回去后，我要把这一切都讲给他们听。到时候，他们得围着我，坐成一个圈，然后，我会给他们讲我的奇遇。"艾贝尔的脑海中浮现出伙伴们围坐在自己身旁的画面。他坐在所有人的中间，说道："我站在纽约的中央，一个人也不认识。周围只有喧闹声！还有嘈杂声！可是我一点儿也不觉得害怕。我和平时一样，走过街道，来到一栋摩天大楼跟前，摁响门铃，说道：'您这里需要电梯工吗？我是……'"

"嘿。"突然，他的身边传来一声喊叫。他大吃一惊，抬起头来。一个身材高大的美国人微笑着拍了拍他的肩膀，随后走开了。艾贝尔的脸涨得通红。原来，他刚才正站在大马路上做白日梦，嘴巴张得老大，一副如痴如醉的模样！这太引人注目啦！这该是怎样一个怪异的国度啊：乘着电梯飞到公园里露营倒是没能引起任何人的注意，可是一旦在街上站一会儿，就会变得万众瞩目。

"我还是假装自己也很忙吧。"艾贝尔想，"继续往前走，假装我要去什么地方。"于是，他迈起了大步。可是，他也绝不能走得太快。快看看，他是从公园的那个角落出来的，随后来到了这条街道上，这一点他必须牢记。

他现在该做什么呢？找个地方摁门铃吗？随随便便摁响一个门铃，问问他们需不需要电梯工？可是他一个门铃也没有看见，反倒是看见了不少旋转门。

艾贝尔又一次停下了脚步。

他的面前是一栋大楼，大楼的门厅里人头涌动。一个妇女俱乐部正在这栋楼的四十六层上开会。她们办的是一个周年纪念活动，会有一百多位女士前来参加。现在，楼下的门厅里就已经聚集了至少六十五位妇女。她们喋喋不休地交谈着。每隔一会儿，就会有几位女士走进电梯，可每当这时，又会有人走进门厅，于是，她们便又走出电梯，重新攀谈起来，大声地喊着："你们好哇！"时间一分一秒地过去。终于，十五位妇女一同走进了电梯里，可就在这时，她们突然看见妇女俱乐部的会长走进大楼。这十五个人便又一同走了出来，伸出手，与会长打招呼。

这一切，大楼的门卫看在眼里，气在心里。他想："她们到底还上不上去了？她们在电梯里进进出出的，我得多找些人来帮忙才行啊。那个该死的电梯工跑到哪里去了？这明明应该由他来管的！"门卫愤怒地走到大楼外面，想要看看电梯工是不是在旋转门的周围。可惜没有。他并不在那里。不过，那里倒是有一张陌生的面孔，他也是一名电梯工。这个男孩看上去乖乖巧巧的，身上穿着一套红色的制服。

"嘿！"门卫喊道。

艾贝尔被吓了一跳，似乎所有美国人都喜欢对着他喊"嘿"。

"是的，先生。"他彬彬有礼地回答。

"过来！"门卫一边说，一边示意他进去。艾贝尔来到大楼里面。门卫问了他一些问题，可是他却一个字也没有听懂。他只知道不停地点头，说着："是的，先生！"

随后，他便被人推到了电梯里。十五位女士跟在他身后一同进了电梯。她们全都兴高采烈地冲着他大笑。显然，她们觉得他可爱极了，只不过，艾贝尔并没有留意到这些。

他应当问她们"女士们，你们要去几层"，可是他不知道这话用英语该怎么说。于是，他便用荷兰语问了一遍。

女士们觉得他的话动听极了。她们还以为他是一个法国小伙子，是专门为她们的纪念活动聘请的。毕竟，这是一场意义非凡的欢庆活动，能有一位法国的电梯工来参与这次活动实在是太有意思了。

她们向他解释说，要去四十六楼。

艾贝尔按下了正确的按钮，带着她们来到楼上。他优雅地鞠了一个躬，为她们把电梯门打开。她们觉得这样的服务贴心极了。她们摸摸他的脑袋，又掐掐他的脸颊。对这一切，他简直忍无可忍。从前，每当妈妈在大庭广众之下掐他的脸颊时，他都会觉得忍无可忍，而现在，他的面前站着十五个妈妈。

他一次次地开着电梯，把妇女俱乐部的女士们送到四十六楼，每次送十五个。他感到很热，也很紧张，他不断地想着："我能够得到报酬吗？他们会给我钱吗？"说到底，他是来赚钱的呀。他真心地希望，回公园的时候，他的怀里能够揣上一些零钱。

这已经是他第四次降下电梯，准备接下一拨女士上楼了。电梯刚刚停稳，正当他优雅地挥手打开电梯大门时，又一位前来开会的女士走进了大楼的门厅。

第九章

考蛤·史密特女士

任何人都可以一眼看出，这位女士十分与众不同。她身上围着一块用鸵鸟毛制成的巨大披肩，戴着一顶同样是由鸵鸟毛做的帽子。除此之外，她浑身上下的珠宝首饰闪烁着明亮的光芒。她的身后跟着一名专职司机，司机的手里牵着三条小狗，它们都是米黄色的京巴狗，只有鼻子是乌黑乌黑的。

门厅里的女士们全都恭敬地退到一旁。原来这就是考蛤·史密特女士！她就是大名鼎鼎的考蛤·史密特女士。她是纽约最富有的女人之一，说不定还是美国最富有的呢。她在加利福尼亚有一栋豪宅，在墨西哥有一栋豪宅，在加拿大有三栋豪宅，在法国有一栋别墅，在冰岛有一幢小屋，并且在纽约的派克大街上有一幢房子。所有人都听说过她的大名，因为她的丈夫，也就是考蛤·史密特先生拥有一家衬衫工厂。几乎美国所有的男人都穿着考蛤牌的衬衫，因此，她才会这么有钱，也得以浑身上下都佩戴着珠宝首饰，打扮得珠光宝气。今天，她也来参加妇女俱乐部的聚会，因为她也是其中一名会员。她友好地冲周围的女士们笑了笑。突然，她看见了艾贝尔——这个身着红色制服的男孩正站在敞开的电梯里。

她发出一声响亮的尖叫，随后便晕了过去。司机松开了手中的三条狗链，刚巧接住了她。周围的女士们全都被吓得不轻，发出尖叫。她们嚷嚷着要水，然后拿来了一小瓶一小瓶的水。就连艾贝尔也走上前来，想要看看是否需要帮忙。

这时，考蛤·史密特太太渐渐地苏醒过来。她朝着艾贝尔张开双臂，虚弱地喊道："我的儿子。"

当然了，她是用美语说的。艾贝尔一点儿也没有听懂。可是其余的女士们都听得一清二楚，并且惊讶得目瞪口呆。

考蛤·史密特太太逐渐恢复了体力，不需要任何人的搀扶就可以站起身来。她把艾贝尔一把搂入怀中。鸵鸟毛扫到了艾贝尔的鼻子，让他感到痒痒的。考蛤·史密特太太身上的宝石胸针扎得他生疼，她的身上散发出的浓浓的香水气息让艾贝尔觉得十分难受，他努力地想要挣脱她的怀抱。可是考蛤·史密特太太就像一道气味浓郁的瀑布，紧紧地环绕着他。她不停地絮絮叨叨，一会儿对着周围的女士们说着些什么，一会儿又对着艾贝尔说着些什么。

"我的儿子啊……"她抽泣着，"他已经走了十年了，整整十年啊。他是在去秘鲁的时候被印第安人偷走的。那时候，他只有四岁。这些年来，我们派出了二十六名侦探去寻找和打探他的消息，可是却没能发现他的任何踪迹。而如今，他突然出现在我的面前，成了一名电梯工。是一名电梯工！我的宝贝，我的心肝！"

艾贝尔没听懂多少词，可是，他还是大致明白了她的意思。他明白，她是把自己当成了她的儿子。不过，对于这一点，他坚决不认可。

"我不是您的儿子。"他嚷嚷起来，"我来自荷兰。我是艾贝尔·鲁夫，我的亲生妈妈住在米德兰姆。放开我！"

"听见了吧，"考蛤·史密特太太喊道，"听见了吧，

他说的是印第安语！他说的就是印第安的土话。放心吧，我会很快让你变回美国人的，我的儿子。帮我转告会长，今天的活动我不参加了。"她大声宣布。

随后，她一把揪住艾贝尔的胳膊，领着他走到大楼外面。所有的女士在他们的身后热泪盈眶地向他们挥手道别。司机忙不迭地牵起三条小京巴狗，跑到前面打开车门。与此同时，艾贝尔依旧努力地与鸵鸟毛做着抗争。"救命啊，救命啊！"他喊道，"警察！"可是考蛤·史密特太太把他推进了汽车里。那是一辆华丽、昂贵、崭新的浅粉色加长轿车。他们一坐进车里，车就开动了。一路上，考蛤·史密特太太欣喜若狂地高谈阔论。

考蛤·史密特太太的家离得并不远。从她的房子里，可以俯视整个公园。房子里的一切都奢华极了，有镀金的楼梯扶手，有暗红色的松软地毯，到处摆放着大理石雕像。可是，尽管如此，艾贝尔还是感到自己像是被带进了一座监狱。他根本就不想给这个鸵鸟毛女人当儿子！他想要回到会飞的电梯旁去，想要回到公园里去！他想要回到德普先生和其他人的身边去！他感到自己就像是一只被关在金色笼子里的小鸟，被完完全全困在考蛤·史密特太太的华丽宫殿里。

她摇了一大串铃铛，三个男仆和一个女仆便立即出现在他们的面前。她滔滔不绝地下起命令来："准备洗澡水，做晚饭，给艾贝尔买衣服，为他订制一个纯银的床架！立刻就要办！"所有的仆人四处奔走起来，迅速地完成所有的命令。随后，考蛤·史密特太太给所有的熟人都打了电话。显然，她认识的人很多。"我找回我的儿子啦。"她冲着电话那头大喊。而听懂了这句话的艾贝尔禁不住颤抖起来。他在房间里无所适从地来回踱步。此时此刻，唯一能够吸引他注意的便是房间中央的小池塘。它是一个由大理石做成的水池，里面种着一些水生植物，美丽的小鱼在水池里游来游去。想想看吧，居然在客厅的中央有一个池塘……这是多么稀奇啊，艾贝尔想。他来到池塘边，跪了下来，想要仔仔细细地看个究竟。"你们来看看吧！"考蛤·史密特太太通过电话向她的朋友们发出了邀请。她的电话还没打完，就已经有人上门来了。不到半个小时的工夫，房间里便挤满了人。这些人多半都是考蛤·史密特太太的女伴。艾贝尔的心里想："美国的女士可真多啊，简直多过了头！"她们全都伸手掐了他的脸颊。她们全都浓妆艳抹，香气袭人，身上穿的衣服是真皮的，并带有羽毛。她们全都深受感动，挨个亲吻考蛤·史密特太太和艾贝尔。艾贝尔被面前的架势吓得浑身直打哆嗦，不断地往后退。三名男仆和一名女仆前来汇报：洗澡水、床、晚餐和衣服全都准备妥当了。可是谁也没有听见他们在说什么，因为所有人都在忙着交谈和亲吻。

艾贝尔心想："我要怎样才能离开这里呢？"他闷闷不乐地望着外面，看见绿茵茵的公园渐渐地变得昏暗起来。

"看哪，约翰尼，我一直保留着你的拨浪鼓呢。"考蛤·史密特太太一边大声地说，一边把一个金色的拨浪鼓塞到艾贝尔的手里。这么一来，艾贝尔变得更加害羞了。

"他应该去上寄宿学校。"考蛤·史密特太太大声说，"我下个星期就送他去寄宿学校。"所有的女士都大笑起来，觉得这话很有意思。

这时，门开了。考蛤·史密特先生走了进来。他是一个身材高大而又肥硕的男人。一进门，他就直截了当地询问究竟发生了什么事。

"我把我们的儿子找回来了。"考蛤·史密特太太大声地说，"就是他，约翰尼！"

考蛤·史密特先生把艾贝尔从头到脚地打量了一番。

"他不是我们的儿子。"他说。

房间里一片寂静，有几个女伴忍不住偷笑起来。

"他就是我们的儿子！"他的妻子嚷嚷道。

"他不是！"先生喊道。

"是的！"

"不是！"

"听听他有什么要说的吧。"考蛤•史密特先生气鼓鼓地说道，"如果他就是我们的儿子约翰尼的话，那么他一定可以证明这一点！"

"我想说的正是这个意思。他讲的是印第安语。"考蛤太太说。"约翰尼……"她一脸讨好地说道，"给我们讲讲那些可恶的印第安人是怎么把你偷走的吧……给我们讲讲你所经历的一切……"

可是艾贝尔听不懂她说的话。他只知道，她问了自己一个问题，于是，他说："我是艾贝尔•鲁夫！我的家在米德兰姆！我是坐着电梯飞到这里来的。我是一名电梯工！"

"听起来还真有点像印第安语呢。"周围所有的人都惊讶地说道，"你们的朋友之中难道没有人懂印第安语吗？"

"等着，"考蛤先生说，"我有一个朋友，他认识一个印第安人。那个印第安人就住在纽约城里。他和普通的人没什么两样……身上没有羽毛什么的东西。我这就给那个朋友打电话，让他立刻把那个印第安人叫到这里来。"

趁他打电话的工夫，考蛤太太和她的女伴们以艾贝尔为中心，交谈了起来。这个可爱的男孩，他应该穿什么好呢？总不能让他穿着这身制服到处乱跑吧？他应该穿上一身黑天鹅绒的西服，配上白色的领子，就像一个小王子一样。仆人们端来了一盘又一盘的美食。所有人一边吃一边喝，同时还不忘了用小香肠和柠檬汽水把艾贝尔的肚子灌得饱饱的。来的人越来越多，家里变得越来越喜庆，充满欢乐，其乐融融。所有人中，唯有艾贝尔黯然无神，如坐针毡……我怎么才能离开这里呢？

"搞定了。"考蛤先生放下电话，大声地说道，"已经跟那个印第安人约好了。他会跟这个小孩儿聊一聊，到时候，我们就知道他究竟是不是约翰尼了。他一会儿就到！"

第十章

克拉德亨老师的一天

克拉德亨老师沐浴在春日的晨光中，沿着嫩如毛毯的青草地向前走，她的心里想着："真奇怪啊，就在昨天这个时候，我去科诺茨百货大楼买咖啡壶。我只想要一个普普通通的过滤壶而已，可是突然间，我就来到了纽约，在中央公园里散步。说实在的，我倒是很想进城去看看呢，见识见识那里的摩天大楼。可是，我不敢。万一迷路了可怎么办？万一有人跟我搭讪可怎么办？我可是一个英语单词都不认识啊。再说了……"克拉德亨老师心想，"再说了，我最想做的事是找到一群愿意跟我学唱歌的孩子。"她把手伸进袋子里摸了摸，那里面装着她的音叉，还有那条织了一半的面包裤。如果实在没有事干的话，至少她还能找一张长椅坐一会儿，织点东西。

她来到池塘边的一个花坛旁，那里有一张长椅。不远处有一顶小帐篷。有几个孩子正在那里买东西。"一定是冰激凌……"克拉德亨老师的心里想。可是，当她靠近后，才发现，原来那些孩子买的是一小袋一小袋的爆米花。帐篷里的男人长得肥肥胖胖，看起来心情不错的样子。克拉德亨老师冲他点了点头，大声地说道："早上好!"

"早上好。"那个男人回答道。

于是，克拉德亨老师便唱起歌来。起初，她先用音叉敲了敲大树，音叉发出嗡嗡嗡的声响。随后，她便唱道："我们的船儿轻轻地划。"立刻有几个小孩围了过来，他们好奇地盯着她。

"跟我一起唱!"克拉德亨老师大声地说。随后她又唱了一遍："我们的船儿轻轻地划。"

孩子们一个字也听不懂，可是他们却记住了曲调。不一会儿，他们便一同哼唱起来。周围聚集的孩子越来越多，甚至时不时还有几位年迈的老先生同他们一道歌唱。

克拉德亨老师想："一切都很顺利，简直太棒了。现在换一首《在碧绿碧绿的田野上》。"这首歌唱得更动听。谁都不知道歌词的意思，可是他们含糊地混了过去，公园里变得欢快无比……孩子们坐在草地上，围在她的身旁。他们中的大多数在开唱前还跑到小帐篷外头买了一小袋爆米花，那个胖乎乎的男人为此忙得不可开交。他心里对克拉德亨老师充满了感激。要不是她挑在这个地方开歌唱课，他的生意绝不可能这么好。

她又唱起了另一首歌，歌曲的名字叫作《那时，我们的小狗还是个狗宝宝》。这首歌立刻引起了所有人的共鸣。所有的孩子都跟着放声高唱，就连看孩子的保姆、年迈的老先生和在场的妈妈们也都加入了他们的队伍。他们用古怪的美语代替了原有的歌词，每唱一遍，歌词就变换一次。不过，这丝毫不影响他们的热情。他们唱得开心极了，唱出的歌曲也十分悦耳动听，对他们而言，这些才是最重要的。

克拉德亨老师一边举着音叉左摇右晃，一边想："哎，看哪，这里还有真正的黑人小孩呢。"没错，他们也同样住在这座城市里。

很快，她便发现，这些黑人小孩唱得最动听。他们很快就掌握了曲调，有几个甚至还随着音乐跳起舞来。

太美妙了，克拉德亨老师心里想。面对着这样一群小可爱，她也更加卖力，想要把这堂歌唱课上到最好。

她彻底忘了，上课的最终目的是要赚钱。如今，唯一赚到钱的人就是爆米花摊的胖老板。可是，这对她而言根本无关紧要。她的身边聚集着几百个孩子，有白种人、黄种人，还有黑种人。有些孩子一连待了几个小时，也有一些孩子只待了一小会儿便离开了，可是他们刚一走开，就又有新的孩子加入进来。每个人都放声歌唱，就连小鸟也一同唱了起来。这简直是一场耳朵的盛宴。

终于，克拉德亨老师饿了。她觉得自己的歌声不再动听。她太饿了，以至于歌声都跑调了。她想："我的天哪，一整天了，我只吃了几块饼干和几口酸津津的大黄。爆米花摊的老板会愿意给我一些吃的东西吗？"她走到帐篷跟前，摊开双手。老板冲着她露出灿烂的笑容。他觉得她很友善，也觉得她的歌声很美妙，况且，她吸引了这么多的听众，让他赚到了很多钱，对此，他十分感激。他二话不说，递给她一大袋爆米花。除此之外，他还从一个抽屉里掏出一个三明治，一同交到她的手上。

"非常感谢您。"克拉德亨老师一边说，一边回报给他灿烂的笑容。

"咖啡？"老板问。

"好啊。"克拉德亨老师说。

他给她倒了一大杯咖啡，然后也给自己倒了一杯。老板滔滔不绝地诉说起来。他讲到了公园，讲到了纽约，讲到了他的小帐篷，可是克拉德亨老师却一个字也没听懂。她只能友好地冲他点头、微笑。

他们身旁的孩子们等得有些不耐烦了。他们只想唱歌。如果不唱歌的话，他们就要离开了。

"来吧，再唱一遍。"克拉德亨老师说。她放下手中的咖啡杯，又唱起了《在碧绿碧绿的田野上》。所有人都已经学会了这首歌，他们简直成了一支势不可挡的儿童合唱团。爆米花摊的老板拿起一个木头勺子敲打着节拍，跟着他们一同唱了起来。

当歌声结束的时候，克拉德亨老师说："结束了。"她拿起她的音叉和袋子，朝孩子们挥手道别，转身离去，踏上了回电梯的路。几个孩子拽住她的裙子，恳求她接着唱，她只能友好地用荷兰语告诉他们，合唱结束了，她现在要回家去了。他们明白了她的意思，大声地喊道："再见！"

克拉德亨老师往"家"的方向走去。走出很远之后，她忽然听到身后传来剧烈的喘息声。

她转过身，发现原来是爆米花摊的老板。他实在太胖了，跑上几步路就气喘吁吁，不过，他还是费尽了全身的力气追赶上来。他结结巴巴地说了几个字，可是克拉德亨老师一点儿也没有听懂。

　　原来，在她离开了之后，这个男人想到了一个主意。如果这位女士可以每天到公园里来唱歌，那该有多好啊！他的脑子里灵光一现——最好的办法就是她能够与他结婚。到时候，他就可以每天都带着她一起到公园里去。她负责上歌唱课，而他就负责卖爆米花。

　　因此，他一路小跑，追赶上来，想要向她说明自己的全部想法。他一遍又一遍地强调着同一句话："卖粒米！①"这句话的意思就是：嫁给我！

　　"我的名字不叫卖粒米。"克拉德亨老师说，"我的名字是玛丽。更何况，我并没有允许您这样称呼我。您还是管我叫克拉德亨老师吧。"

　　"卖粒米！"男人恳求道。

　　"克——拉——德——亨——"她一字一顿地说。

　　他知道，再怎么说，她也不会明白自己的意思。于

----

① "卖粒米！"是marry me的音译。

是，他抓住她的双臂，恳求地看着她。

可是克拉德亨老师对这样的举动厌恶极了。"走开，"她说，"别碰我，你这个怪胎。"她有点害怕起来。如果面前站着的是一个在大马路上遇到的男人的话，她早就抄起手中的音叉砸向他的头了。可是，她克制住了这样的想法。毕竟，这个男人给了她咖啡、面包和爆米花，把她从饥饿的边缘拯救了回来。面对这样一个人，如果还要用音叉去打他的话，那简直太忘恩负义了。

因此，她再次冲着他微微一笑，挣脱了他的双手，飞快地朝着电梯的方向跑去。

爆米花摊的老板感到困惑极了。他向她求婚，她露出了微笑，可最终她还是逃跑了。于是，他拔腿去追赶她，一边迈开自己又短又粗的腿，一边结结巴巴地恳求。

克拉德亨老师想："哦，我怎么这么惨？要是我还在米德兰姆就好了。幸亏电梯就在远处。再坚持一下……"她咬紧牙关，以最快的速度冲向安全的彼岸。

第十一章

德普先生的一天

　　早晨，德普先生出门了。"我得想想办法做点生意才行。"他一边走，一边嘀咕着。他把装着樟脑球的公文包夹在胳肢窝里，一边迈着坚定的步伐向摩天大楼走去，一边转动脑筋谋划起来。

　　他的心里想："我的手头并没有那么多的樟脑球。我只能设法把它们一粒一粒地单独卖出去，而且要卖得越贵越好。我该怎么做呢？我要不要找一家百货大楼，去卖地毯的柜台直接问他们需不需要什么消灭飞蛾的东西呢？不，这个主意不太好。大型的百货大楼里一定配有灭蛾工具。这样吧，我就到公园比较繁忙的出入口，在那里站着。"

于是，德普先生穿着有皮草领口的皮夹克站在了公园的出入口。他摘下了帽子，因为这里阳光灿烂，十分暖和。他把手帕铺在地上，然后在上面摆上樟脑球。

"灭飞蛾！"他的喊声低沉而富有穿透力，"专门用来消灭飞蛾！"

他从内心深处希望用英语叫卖，可是他不知道这些话用英语该怎么说。他想："真怪异，我的英语明明很流利，可是一到了美国，居然说不明白了。"

"对付飞蛾效果非凡！"他喊道，"顶级的灭蛾球！"

很快，他的身旁就围了一群人。这些人中绝大多数都是女士，她们觉得眼前的景象十分稀奇，于是，全都好奇地凑过来，想要看个究竟。

德普先生使出浑身解数。他努力地比画着，试图向周围的人解释明白灭蛾球是做什么用的。他指了指自己的衣服，又指了指球，随后做了飞行和拍翅膀的动作，接着又假装打死了一只从空中飞过的飞蛾，用最令人费解的美语夸夸其谈。

周围的人连一个字也没有听懂。不过，还是有一个男人走上前来，想要买一个樟脑球。

"一美元。"德普先生喊道。

这个男人递给了他一美元，然后得到了一个樟脑球。只不过，他是唯一购买的人。其他的人只是饶有兴致地看着，对这个男人的离开无动于衷。谁也不会掏出一美元，去买一个不知道可以用来做什么的东西。

可是德普先生却从这个男人的身上获得了勇气。"来吧！"他嚷嚷起来，"一美元就能买到一个旷世奇珍的樟脑球，您的后半辈子再也不会受到飞蛾的困扰，统统只要一美元！"

人们一言不发地站在他的周围，把他围得里三层外三层。突然，从人群的后面传来了一阵冲撞声和喧闹声，有一个人一个劲地向前挤，原来是刚才买了灭蛾球的那个男人。他带来了一位警察，还怒气冲冲地挥舞胳膊，比画着什么。他和警察一同来到德普先生的面前。这到底是怎么一回事？原来这个男人把灭蛾球吞进了肚子里。他错误地理解了德普先生的意思，还以为这是一种糖果。这简直太糟糕了。灭蛾球的味道一点儿也不好，所以，他找来了警察，想要警察立刻把德普先生抓起来，因为在他的眼里，德普先生就是一个公园里的骗子，一个围着皮草领子的异类。

德普先生明白了他们的意图。他一刻也没有迟疑，飞快地用手帕裹住所有的灭蛾球，塞进自己的公文包里，抓起帽子，从人群中挤出一条路来。人们在他的身后大呼小叫，可是他狠狠地用胳膊肘顶了几下，很快便脱离了这群旁观者。他撒腿就跑，简直用尽了全身的力气。警察在他身后穷追不舍。

"哎呀呀，哎呀呀，"德普先生的心里想，"我究竟做了什么……我怎么会想到把每个樟脑球卖到一美元这样愚蠢的主意呢？这下，他们会以诈骗的罪名逮捕我，然后把我关进监狱里。"

他一边没命地逃，一边想到这里的监狱名叫"新新"。他曾经看过一部电影，电影里的男人身穿条纹服，被关在一个囚室里。他几近绝望地想："太糟糕了，我不要进监狱。"他使出浑身的力气，飞快地逃跑。

终于，他跑出了公园，来到一条繁忙的街道上。人行道上全都是行色匆匆的路人，粗略地看上去，至少也有几百个人。他明白，到了这里，就不能再像刚才那样瞎跑了，要不然就太过明显了。他恰恰应该像其他人一样行走，这样才不会引起任何人的注意。说不定警察很快就会跟丢了。他尽可能不显眼地在行人中穿梭。警察还在他的后面吗？他们是不是就快追上来了？

口哨声，他听见了一记口哨声，是警察吹的吗？

"哦，我该怎么办呢？"德普先生发出了轻微的嘀咕声。

这时，他看见有几位先生和女士正朝着一栋房子走去。他想都不想，立刻跟了上去。他一眼就看出，这是一栋华丽的房屋，走廊是大理石铺就的，台阶也是大理石铺就的，甚至还有白色的大理石雕像以及深红色的天鹅绒地毯。一个仆人迎上前来，向他们问好。走在德普先生前面的那两位先生和两位女士受到了仆人彬彬有礼的接待。

德普先生心里想："咳，该轮到我了……这个仆人穿着得体、光鲜，他一定会直接把我赶出门去。不过，我得先试着卖给他一个灭蛾球，这样，至少我可以赢取一些时间，趁着这个工夫，一定可以摆脱掉外面的警察。"

这时，仆人径直朝他走了过来。该来的总会来的，德普先生的心里想。可是，事实并不是他所想的那样。仆人毕恭毕敬地朝他鞠了一个躬，然后伸出手，等着接过德普先生的帽子和大衣。

摘掉帽子也没什么大不了的，德普先生想。他惊慌失措地脱掉大衣，摘下帽子。随后，他和其他人一起被带进了一个很大的厅堂，显然，那里正在举办一场派对。欢快的音乐声在大厅里回荡，到处都摆放着很大的花篮，有清新脱俗的兰花，还有鲜红欲滴的玫瑰……

当德普先生走进大厅的时候，他的面色由于先前的奔跑而变得通红，他的眼神变得惶恐而又窘迫。就在这一刹那，周围变得鸦雀无声……片刻过后，人们喊道："啊——"一个高大魁梧的男人朝他走了过来，说道："啊——这儿油啊。①"那句话的意思是：哈，您终于来了。

这下，德普先生彻底糊涂了。难道有人在等他吗？在这个浩大的城市里，在这栋华丽的房子里，有谁会认识他呢？

"您好。"他弱弱地说道。似乎除此之外，他也没什么能说的了。

一位女士朝他走来，她一边露出最甜美的笑容，一边伸出手。她也说了一句："您好啊！"

"您好啊！"德普先生又说了一遍。

她牵起他的手，领着他穿过大厅。这完全不能被称为房间，它是一个恢宏的大厅，富丽堂皇的镶木地板闪闪发亮，乐队演奏着悠扬的华尔兹舞曲。

---

① "这儿油啊。"是there you are的音译。

女士问了他很多问题，可是德普先生什么也没有听懂。他只能不停地说着"是的，女士"和"不是，女士"，在他看来，这是最好的办法。她的脸上依旧带着笑容，她带着他来到一张桌子跟前。桌子旁坐着形形色色的人，每个人的手里都拿着一个盘子。他们正在品尝美味可口的沙拉。

"约翰尼！"牵着他手的女士喊了起来。这时，德普先生一眼看见了艾贝尔。艾贝尔正跟那群陌生人一道坐在桌子旁边。他穿着一身黑天鹅绒的西服，西服立着高高的领子。他正郁郁寡欢地吃着沙拉。

德普先生惊讶万分，嘴巴张得老大。"你好啊！"他说。

第十二章

太刺激了

对于艾贝尔而言，没有什么事能比见到一个天使突然从天而降更令他心花怒放的了。在他的眼中，此时此刻的德普先生正如同一个天使，从天堂降临到了他的面前！

"你好啊！"他回答说。

"约翰尼。"考蛤·史密特太太说道。她正是那个友好地牵着德普先生手的女士。"约翰尼，这位印第安人会说你的语言，现在，赶快告诉他，这些年来你都经历了些什么。"

考蛤·史密特先生走到他们跟前。所有的客人也都聚上前来，围成一个巨大的圈。所有人都坚定不移地相信，德普先生就是他们请来的印第安人。至于他们为什么会把他当作一个印第安人，一点也不奇怪。他一路狂奔而来，面庞变成了深红色。况且，心里的惊慌更是为他增添了几分狂野。任何人都会深信不疑，他就是一个印第安人，一个都市化了的印第安人。而他们等的不就是一个印第安人吗？那就对了，就是他了！

"你怎么会在这儿？"德普先生问。

"您怎么会在这儿？"艾贝尔说。

"他们能听懂对方说的话。"考蛤·史密特太太喊了起来，"你相信了吧，这就是我们的约翰尼！要不然，他怎么会听得懂印第安语呢？"

"我碰巧走了进来。"德普先生说，"可你呢？你怎么这么一身装扮？"

"他们以为我是他们的儿子。"艾贝尔说，他的眼睛里充满了泪水，这一切简直就是一场噩梦，"您就不能告诉他们我叫艾贝尔吗？告诉他们我跟他们没有任何关系。那位女士莫名其妙地把我抓来了。她还抢走了我的制服！她用汽车把我拖到这里，还不让我走。他们逼着我给他们当儿子。可是我不愿意！"

艾贝尔一口气喋喋不休地说了许多。德普先生思考

了一秒钟后才开始回答。他心里清楚地知道，他必须依靠计策和谋略才能脱身。他依旧没有明白他们为什么会抓着这个男孩不放，他也压根不知道有关印第安人的安排，但是……他不得不采取行动。

他抓住艾贝尔的胳膊，指了指自己，又指了指门，说道："阿龙……史必克阿龙。①"

这句话的意思是：单独谈谈。幸亏他知道这几个词用英语怎么说。

"哦，他们想要一起谈谈。"考蛤太太说，"没问题。让他们一起到偏厅里待一会儿吧。"

考蛤先生把这两位送出了大厅。所有人都目送着他们离去，嘴里窃窃私语。

"您可以在这里跟他谈，不会有人打扰你们。"考蛤·史密特先生对德普先生说。"三克油。①"德普先生说。

他们单独待在房间里。

"哦，"艾贝尔喊道，"您能来实在是太好了！我太高

---

① 此句为Alone … speak alone的音译。
② 为thank you的音译。

兴了!"

"咳，先别高兴得太早，小子，"德普先生说，"现在，我们得想办法离开这里。走廊里有人吗?"他偷偷摸摸地来到门口，朝走廊里张望了一眼。"一个鬼影子也没有。"他小声地说，"跟我来，动作轻一点儿。"他拉住艾贝尔的一条胳膊，拖着他来到走廊里。一眨眼的工夫，他们就到了大门口。德普先生蹑手蹑脚地推开沉重的大门。他们清楚地听见，屋里舞曲激昂，人声鼎沸。

他一把把艾贝尔推到门外的台阶上，说道："你在这里等我一下。"

随后，他迅速地回过身，穿过大理石铺就的走廊。走廊的一侧有一个大衣柜似的东西。他那件领口围着皮草的皮夹克就挂在那里面。仆人的帽子也挂在那里面。德普先生穿上皮夹克，戴上帽子。正当他准备就绪的时候，一个仆人从楼梯上走了下来。他的一只手里托着艾贝尔的红色制服，另一只手里举着一把刷子。不用说，他一定是准备仔仔细细地把这套制服刷个干净。

"三克油卖来卖去。①"德普先生一边含混不清地说

_____

① 为thank you very much的音译。

着，一边友好却又坚决地从仆人手里接过制服。

随后，他飞似的朝着大门的方向奔去，一把拽住艾贝尔，冲下台阶，一同消失在熙熙攘攘的街道深处。

走廊里只剩下一名目瞪口呆的仆人。他的手里还高举着一把刷子。

德普先生拖着艾贝尔拐进了离他们最近的一条小街道里。"快来，"他气喘吁吁地说，"我们必须快点找一个咖啡厅之类的地方，因为他们一定会追上来的。这里就有一家小杂货铺。"

他们走进那家店里。美国人管这样的药品商铺叫"药店"，不过，在我们那里，它就叫"杂货铺"。

"总算躲过一劫。"德普先生说，"是不是很惊险？"他们各自坐在一张高脚椅上，紧挨着柜台，德普先生为自己和艾贝尔都点了一个面包和一小瓶可口可乐。

"您身上有钱吗？"艾贝尔小声地问。

"有一美元。"德普先生说。他一边说话，身体一边不住地颤抖。他来回地观察四周，确定没有警察跟上来逮捕自己。

他们怀着几分惶恐，吃完了面包。他们的身后并没有出现任何警察，也没有出现考蛤·史密特先生和太太的身影。他们的心情这才平复了一些。而后艾贝尔便一五一十地讲述起自己的历险记……德普先生并没有把自己的经历全盘托出，因为他对之前所发生的事情感到有些害臊：他居然把灭蛾球卖到一美元一个的高价，况且那个可怜的受害者还把它吞进了肚子里。

"这样吧，"德普先生说，"到后面的厕所里去，把你的制服换上。这套诡异的天鹅绒西服啊！你看上去简直就是一个小勋爵！"

"是啊，糟糕透顶了吧?"艾贝尔一边说，一边厌恶地看了看身上的衣服。他走开了一小会儿。等他回来的时候，身上换成了那套红色的制服，胳膊上搭着华丽的天鹅绒西服。

柜台后面站着一个男人。他就是他们的服务员。当他发现，这位黑天鹅绒男孩突然摇身一变成了一名电梯工时，他略为狐疑地凝望了一会儿，嘴里嘟嘟囔囔地说了几句话。可是他们一句也没有听懂。

德普先生站起身，付了钱。"给，归你了！"他说着，把小勋爵装丢给了柜台后面的男人，走出了杂货铺。

这个人又目瞪口呆地望着他们离去的背影。

第十三章

逃离

"在那儿!"德普先生说,"看哪,它就在那儿。"

"万岁!"艾贝尔欢呼起来,"那是我们亲爱的老电梯。"

他们一连游荡了几个小时,这才找到了公园。这场怪异的历险记令他们忘记了回家的路,所以,他们费了九牛二虎之力才找了回来。如今,就在那儿,在大树的中间,在蔚蓝色池塘的旁边,等待他们归来的正是他们的电梯。

"快看哪,怎么这么多人?"德普先生说。没错,电梯的周围聚满了人群,就连警察也来了。德普先生感到自己的心脏扑通扑通直跳。他惊慌失措地想:"有警察!他们一定是来抓我的。"而艾贝尔也着实被吓了一跳。他们恨不得立刻转过身，脚底抹油，溜得越远越好。可就在这个时候，他们看见电梯门口有一个小小的身影。那是萝拉，她的怀里还抱着小兔子山姆。

"我们一起过去，"艾贝尔说，"我们必须去帮助萝拉。"他们一同推开拥挤的人群，喊道："发生什么事情了，萝拉？他们想要干什么？"

"他们想要知道一切。"萝拉喊道，"可是我听不懂他们的话。"

两名手拿记录册的警察就像及时雨一般出现了。这两位警察身材魁梧，有着蓝色的眼睛和和善的面庞。他们耐心而又温和地问了萝拉很多问题。可是她什么也听不懂。这时，德普先生上前挡住了她，用美语叽里咕噜地说了几句话。警察再次开始了询问。

"他们想要知道我们来这里做什么。"德普先生说，"他们想要知道我们是谁，来自什么样的国家。"

"荷兰！"他咆哮道，"我们来自荷兰。我们是乘着电梯来到这里的，是一部会飞的电梯。就是它，这部电梯会飞。会飞的电梯！"

警察们摇了摇脑袋，他们没有听懂。

突然，人群中传来了一阵新的骚动。一个东西奔了过来。那个东西健步如飞。原来是克拉德亨。她的身后跟着爆米花摊的老板。克拉德亨跑得上气不接下气，把男人甩到距离自己几步远，一边跑，一边还哀求道："救救我啊……那个男人想要绑架我！"

爆米花摊的老板依旧不断地恳求："卖粒米！"

两名警察侧了侧身，想要看看又发生了什么新鲜事。克拉德亨老师紧紧地抓住一位警察，哀求道："救救我。"

就在这个时候，公园的另一边来了一大群人，他们的声势如同游行队伍一般浩大。他们之中也有警察。这些人全都是些衣着华丽的女士和先生。走在队伍最前面的是一位女士，她头顶的帽子上插满了鸵鸟毛。走在她身旁的是一位司机，他的怀里抱着三条小京巴狗。这些人都神色匆忙，指手画脚地朝着电梯的方向走来。

艾贝尔推了德普先生一把，喊道："他们来了！看哪！"

德普先生看了一眼这些人，立刻就吓得身体僵直。随着那群人一同而来的那些警察大声喊道："嘿！"走在后面的那些人一边走，一边嚷嚷，同时还不住地挥舞着胳膊。考蛤·史密特太太因为激动和愤怒而变得满脸通红。

这时，艾贝尔做出了唯一正确的，也是他必须做的选择。

他把他们一个接一个地推了进去：先是德普先生，

然后是怀抱着小兔子的萝拉，接着，他用力把抱着高个子警察胳膊的克拉德亨老师拽了过来。他把所有人都推到电梯里。紧跟着，艾贝尔赶在考蛤·史密特太太一行到来之前，赶紧一步跨进电梯里，关上了电梯门。

随后，他按下了最上面的按钮。大约一秒钟的时间，似乎电梯再也不会动了，似乎外面的人全都要冲到这个摇摇欲坠的家伙里面来把他们生拉硬拽出去。然而，这个钢铁笼子却轻微地摆动了一下……一阵颠簸……然后呼啦一声，电梯像一支离弦的弓箭一般，直冲云霄……它笔直地飞上了天。

他们一同围聚在玻璃门前，有艾贝尔，有德普先生，有克拉德亨老师，还有萝拉。

他们看见了下方的公园，也看见了公园里绿油油的草地和树木，那里的一切都变得越来越小。他们还看见了站立的人群，看见他们正朝着天空指指点点。一种回归自由的舒畅感在他们心中油然而生。他们就这样逃走了，再也不需要回答任何人的任何问题，就这么轻易地呼啦一下，飞上了天。

地面上只有一个人不住地朝他们挥手，那就是爆米花摊的老板。

第十四章

如果没有萝拉的话

"咻……"艾贝尔一边说，一边瘫倒在板凳上，"咻……"

"嗯，谁说不是呢，"德普先生嘟囔道，他擦去红通通的额头上的汗珠，"多么奇特的城市……多么奇特的旅行……"

接着，他转过身来，面朝着克拉德亨老师。"您碰上什么事了？"他问，"有人在追踪您吗？追踪您的也是警察吗？"

"追踪我的是警察？"克拉德亨老师恨恨地说道，"我这辈子还从来没有跟警察打过交道呢，乔塞亚斯。而且我也永远不会跟警察打交道。追踪我的才不是警察呢，只是个个体现象。"

"这样啊，"德普先生说，"那个个体现象想要干什么？"

"那个男人是卖爆米花的。"克拉德亨老师说，"整整一个上午，我都在公园里教人们唱歌，而且一切都进展得无可挑剔！真的是无可挑剔。这些美国孩子很有音乐天赋，一学就会。尤其是那些黑人小孩儿，一点即通。我真心希望能有机会再次回到纽约，在大庭广众之下教歌唱课……简直太美妙了！"

"那么为什么会有人追踪您呢？"艾贝尔问。

"嗯，那个卖爆米花的人就在离我不远处的一个小摊上。他把爆米花卖给周围的孩子们。他十分友善，真的，这一点我毫不怀疑。他绝对是一个好人……刚开始的时候。"克拉德亨老师停顿了一下，朝着下面张望了一眼。纽约这座城市已经完全从她的视线中消失了。他们已经飞到了云层的上面，而且还在继续往上飞。

"然后呢？"艾贝尔问。

"然后我饿了，他给了我面包和爆米花。"克拉德亨老师恍恍惚惚地说。

"呃，"德普先生说，"我觉得这样的理由远不足以把那位先生称作一个个体现象。"

"没错，"克拉德亨老师说，"可是当我离开那里的时候，他就开始追踪我了。他寸步不离地追着我，弄得我都害怕了。他还一直大声地喊'卖粒米'咳！"克拉德亨老师说，"您是知道的，我的名字根本就不叫卖粒米啊。我的名字是玛丽，更何况，这一点难道还用得着等他来告诉我吗？"

"他对您说卖粒米？"德普先生问。

"正是如此。"克拉德亨老师说。

"嗯，"德普先生说，"那句话读作'marry me'，它的意思是'您愿意嫁给我吗'，那个男人的意图再善意、纯良不过了，小克拉德亨。他是在真心诚意地向你求婚啊。"

"真是这样的吗？"克拉德亨老师的脸"唰"的一下变得通红。她朝着外面张望了一下，似乎是在寻找爆米花摊老板的身影。可是她只看见羊毛般洁白的云朵从他们的脚下飘过。

"真可惜……"她喃喃地说道，"我压根没有料到会是这样……"

"是啊，我们再也回不去了。"艾贝尔说。

"你满脑子想的是什么……"克拉德亨老师尖刻地说道，"你以为我这么需要男人吗？而且还是一个卖爆米花的男人！只会在公园里摆小摊的男人！才不是呢！”她轻蔑地哼了一下。

“咳，”萝拉说，“我很高兴您没有跟他走，克拉德亨。我们所有人能够聚在一起好开心啊。”

克拉德亨的精神一振。“谁说不是呢？”她说，“我们要在电梯里过得开开心心的。“你们两个过得怎么样啊？”她问德普先生和艾贝尔，“你们都有什么样的经历？说起来，我们到底为什么要忙不迭地逃离那里呢？为什么电梯周围站着那么多人，还有那么多警察呢？”

“我们也被追踪了。”德普先生说，“我被警察追踪了……”他犹豫了一下……他不知道该不该把自己将一个灭蛾球卖到一美元的事说出来。“不管怎么样，”他继续说道，“不管怎么样，反正我是碰巧来到了一个富丽堂皇的大厅里，然后在那里看到了这个小伙子。”

“咦，”萝拉说，“你怎么会在那里呢，艾贝尔？”

“我真的是被人抓去那里的。”艾贝尔说，“我被一个百万富婆似的人带到了那里。她把我当成她的儿子了。”他一五一十地说出了事情的来由。

“哎呀，”萝拉说，“你知道吗，你差一点儿就成为一个百万富翁了。你要是留在那里的话，会变得非常非常有钱。"

"还得穿着天鹅绒的西服……"艾贝尔咕哝道，"被一堆女士围着，由着她们亲来亲去……我才不要呢……"

随后，德普先生说到了他们是如何找到彼此，又是怎么偷偷摸摸地一同从那里逃了出来，以及他们是怎样成功地赶在考蛤·史密特一家领着狗、司机、朋友和警察进入公园的时候及时逃脱出来。

"那么我们的小萝拉呢？"德普先生说，"你都做了些什么，小丫头？警察为什么来找你？为什么你的周围站了那么多人？"

"起初只是一杯咖啡。"萝拉一边说，一边走到电梯的角落里。

"咖啡？"所有人都惊奇不已地问道，"你怎么会有咖啡的？"

"别人给的。"萝拉说，"这是一整套咖啡装置。你们看，它算是露营专用的设备，可以用来冲咖啡，里面还有酒精呢。一眨眼的工夫就能做出咖啡来。"

一股咖啡的清香溢满了整部电梯，所有人都瞠目结舌。

"我还有面包呢。"萝拉说，"我还有巧克力，有好几盒呢！你们坐着就好，我来为你们倒咖啡。"

说着，萝拉为所有人分发了面包，他们则啧啧地享用着咖啡，听她讲述她所经历的事情。

"我当了一回焦点，"她说，"就在电梯跟前的草地上。瞧它就知道了，山姆帮了我很大的忙呢。它可以用前腿站立。做给我们看看，山姆，快点，站起来。"

山姆的确是一只神奇的兔子。他先是转了一小圈，接着抬起了他的后腿，用前腿站立了起来。

德普先生发出了雷鸣般的笑声。"这是你教它的，还是它之前就会？"他问道。

"它之前就会。"萝拉说，"我要做的只不过是了解它究竟会些什么而已。它还可以用后腿行走，而且它还会跳舞呢。来吧……山姆！"山姆缓缓地立起身子，用后腿站了起来，然后做起了怪异的动作，而这些动作恰恰像极了狐步舞。

这是一场顶级的表演，所有人都笑得不能自已。

"瞧见了吧？"萝拉说，"我自己也做了各种各样的表演，我们两个一同撑起了一整台戏，是一场真正的马戏呢。整整一个早晨，不断地有人来看，有的时候甚至有上百个人在同时观看。他们想要给我钱。可是他们给我钱的时候，我一直对他们说'不要'。"

"为什么？"德普先生惊讶地问。

"咳，"萝拉涨红了脸，"我想的是……你们全都到城里去赚钱了……有克拉德亨，有您，还有艾贝尔……我是这样想的……我想，我们一定会有足够的钱，我宁可要一些吃的，反正食物总能派上用场的……"

说这些话的时候，她有一些不安，一副生怕自己做错事的模样。

可是其他人却突然感到羞愧难当。她说得没错……他们一清早就面目一新、信心满满地离开了电梯，到偌大的纽约城里去赚钱，可是他们究竟赚得了些什么呢？

克拉德亨教了一上午的免费课，一分钱也没有带回来。艾贝尔在电梯里工作了那么久，甚至连一毛钱的小费也没有拿到。德普先生赚到了整整一美元。每每想到这里，他就吓得面色惨白……一个灭蛾球给卖到整整一美元，而那一美元还被他和艾贝尔在杂货铺里用完了。没错，他们全都惨败而归。

"你是一个能干的姑娘……"德普先生突然发出了震耳欲聋的喊声，声音里透着愉悦，"至少，你很明智！就算我们赚到了钱，可是在电梯里，在距离地球表面几千米的高空中，钱还是没有任何用处。你却要到了食物，还有咖啡，而且还是这么好的咖啡！"

他们全都沉默了，每个人都沉浸在对美国咖啡的享受之中。

"还有面包，"萝拉说，"和切尔西果子面包差不多的面包！"

"嗯。"克拉德亨说。

大约有半个小时的时间，在云朵之上的电梯里，谁也没再说话。他们尽情地吃了起来。

第十五章

去南方

"第一位想要给我钱的女士，"萝拉说，"是一位非常和蔼可亲的女士。她觉得山姆的表演棒极了。我说：'不要……不要钱，要面包！'可是她不明白面包是什么东西。于是，我又说：'不，不要钱，要咖啡。'这回，她彻底明白了。"

"是啊，"艾贝尔说，"因为他们也管'咖啡'叫'咖啡'。听上去差不多！"

"那个女士一脸的惊讶。"萝拉继续说道，"她想要到电梯里面来看看。显然，她想要知道我怎么才能在里面冲咖啡。可是电梯里空空荡荡的，我让她进来看了看。然后我们用手势交流了半天。我告诉她，我很想冲咖啡，她说，不管怎样我都需要一个小柜子，要不然，连一个放东西的地方都没有。之后，她就走了，不一会儿，她又带着她的儿子回来了。他搬来了这个小柜子，而她就搬来了这台咖啡机。"

"太实用了。"克拉德亨说，"纽约人可真好啊！"

"之后，又有一位先生给了我面包。"萝拉说，"有一个女孩给了我刀和叉子。"

"他们全都随身带着这些东西吗？"艾贝尔问。

"不是的。"萝拉说，"这些全都是他们特地为我送来的。"说到开心的地方，她用手撑着倒立了起来，翻了三个前滚翻，翻得连小柜子上的咖啡壶都晃动了起来。其余三个人看得都笑了起来，他们忽然明白了人们为什么会步行一个小时的时间，专门为萝拉取来咖啡、咖啡机、小桌子、叉子、刀……就是这样！

"之后，警察就来了。"萝拉说，"他们问我这是怎么一回事。可是他们又听不懂我说的话，便想要把我们带走，就是我和山姆。可是山姆不愿意跟他们走。"

"他们再也不会想把你们带走了。"艾贝尔说。

"只不过我们还是没有纱帘。"克拉德亨叹息道。

"又来了，怎么又提起纱帘来了。"德普先生说。

"一栋得体的房子，无论多小，都该有纱帘。"克拉德亨鄙夷地说。

"等我们落了地，"艾贝尔说，"到时候，萝拉就又可以做前滚翻了，这一回，我们就管观众们要纱帘。"

"是啊，前提是我们能够落地。"德普先生说，"等落了地再说吧。我们现在究竟是什么状况？我们是在平着向前飞，还是依旧在往上飞？"

"早就开始平着飞了。"艾贝尔说。从他的神情看上去，他就像一位身经百战的飞行员。

"我们正在继续朝南方飞行，看那儿，太阳又从西边落下去了。"

"一点儿不错。"克拉德亨说，"又过了一天。落地的事还是以后再说吧。我们先安置下来，舒舒服服地睡上一觉吧。"

艾贝尔略有些失望地说道："我的妈妈仍旧不知道我是怎么失踪的！"

"我的妻子也不知道。"德普先生不顾一切地抽泣起来，"她一定已经给我所有的朋友都打了电话，找遍了米德兰姆所有的咖啡厅和所有的餐厅。可我却无迹可寻……"

"算了，乔塞亚斯。"克拉德亨说，"算了，艾贝尔。别这么泄气！我们毫发无损地落到了纽约，又毫发无损地再度出发了！你们或许觉得我说得轻巧，反正没有家人在等我……"

"也没有人在等我，"萝拉说，"我只有一个姨妈。而她才不会关心我的死活呢。"

"好吧，"克拉德亨说，"对乔塞亚斯·德普和艾贝尔而言，这一切确实很糟糕。可是你们得这么想：反正我们也无计可施。眼下，我们没法发电报，我们没法写信，我们什么都做不了，只能安安静静地睡觉。睡觉前我们先唱一首歌。"

她掏出她的音叉，敲打起来。音叉发出嗡嗡嗡的响声。

"太阳向我们告别……"克拉德亨唱道。其他人也都随着她一同唱了起来。而太阳也的确渐渐地消失在西边。洁白而又轻柔的云朵从他们的下方飘过，看上去就像一大团一大团的奶油。偶尔也能瞧见一些被太阳映照成粉红色的云朵，那简直就是童话世界里才有的画面。没有什么是值得害怕的。他们心中产生一种感觉：即使电梯掉下去了，一定也会被一大团一大团洁白或者粉红的奶油温柔地托住。

当歌曲落下帷幕的时候，西沉的太阳也收起了最后一抹粉色的光辉。云朵变得苍白。克拉德亨匆匆忙忙地把格子毯子挂到电梯门上。"好了，到时间该睡觉了。"她说，"你们的毯子都还在吧？"

"山姆没有毯子。"萝拉说，"哎呀，山姆还没有毯子呢。"

"兔子用不着盖毯子。"克拉德亨说，"你抱着它睡吧，萝拉。"

萝拉怀里抱着小兔子，进入了梦乡。克拉德亨躺下后唠唠叨叨地嘟哝了一会儿才睡着。德普先生的呼噜打得震天响。只有艾贝尔还醒着。

艾贝尔想："我们的命运究竟会怎么样呢？我们是不是真的要乘着这部电梯环游世界？我们是不是永远都只会落在陌生的国度里，再也回不到荷兰了呢？想想看，万一我们落到了喷着熊熊烈火的火山上……想想看，万一我们落到了一片原始森林里……任何事情都可能发生。只可惜，我们不能自己主宰这一切。我们只能等待，看电梯想要带我们去什么地方……多么奇妙的经历啊！我们现在在什么地方？要是我现在去按最下面的那个按钮，我们就会下降。那样的话，我们会落在哪里呢？我要不要按呢？我真想知道我们会落到什么地方去……原本的打算是，我们明天一早先吃一顿早饭，然后再降落……"

艾贝尔躺在毯子底下，脑子不住地转动。他不停地翻来覆去，觉得毯子里面热得难以忍受。他犹豫了几个小时。终于，当夜晚即将结束的时候，他再也忍不住了。他按下了写着"底层"两个字的按钮，电梯飞速地降了下去。其他三个人依旧安睡着。

第十六章

秘鲁戈纳的革命

　　这天夜里，艾贝尔感到非常热，这一点儿也不奇怪……电梯以飞快的速度朝着南方飞去。经过一个下午加一个晚上的飞行，他们已经来到了南美洲。艾贝尔按下按钮的那一刻，他们正巧来到一个非常小的国家的上空。这是南美洲的一个弹丸之地——秘鲁戈纳。他们恰好在这个小国的首都上空。话说回来，这也算不上什么特别的巧合，因为像秘鲁戈纳这么小的国家，除了首都，也就不剩多少领土了。那里的人们是真正的南美洲人。所有的男人都留着黑色的小胡子，戴着巨大的宽边帽。他们成天坐在咖啡厅外的露天座位上谈论政治，时不时地把拳头砸向桌子。苹果酒令他们的情绪愈发激昂，砸向桌子的拳头也越来越有力。女人们通常都待在家里，在她们看来，这才显得更加得体。如果她们出门，那必然是去寻找她们的丈夫。这个国家的首都是果瓜培帕培德尔，这是一个非常古怪的名字，可事实就是如此，况且那里的人也早就习以为常了。

咳！果瓜培帕培德尔的生活真美好啊！一年中的大部分时间，那里都是阳光普照，天空湛蓝，宽阔、秀美的林荫大道两侧伫立着一排又一排的棕榈树。那里的仙人掌简直就是庞然大物，比人类的个头还要大，恣意地在道路两旁生长，有时甚至还绽放出粉红的花朵。那里的花丛总是散发着芳香，洋槐树在微风的轻抚下传来轻柔的沙沙响，羽色鲜艳的鹦鹉在大树的枝丫上摇头晃脑，它们中有一些个头硕大，长着蓝绿相间的羽毛和红色的尾巴；还有一些是浑身天蓝色，只有胸前留有一簇金黄的长尾小鹦鹉。树上的香蕉触手可及，人们可以随意从咖啡树上摘下咖啡豆，用来烹煮自家的咖啡，玉米长得郁郁葱葱，任何人来到这里都不会被饿死。难怪那里的人们很少劳作。难怪那里的男人们只会留着小胡子，戴着宽边帽，坐在露天咖啡厅里侃侃而谈。秘鲁戈纳的人民根本用不着努力劳动，因为那里的一切都可以自由生长。只不过那些与政治相关的高谈阔论也会蕴含着一些危险。要知道，秘鲁戈纳人全都是心地善良、明辨是非的。那些男人表面上留着黑色小胡子，可他们的内心深处却柔软而温顺。一旦谈论起政治来，他们就会戳到彼此的痛处。他们会开始怨恨政府，甚至常常怒火中烧，并且令彼此都怒火中烧。大约每隔一年，这样的情绪就会爆发一次。每到这个时候，他们就会闹起大革命。他们来到政府大楼，推翻他们的总统，有时候，甚至还会把他关进监狱里。每到这时，果瓜培帕培德尔便会一片混乱……窗户全都被砸烂，枪声四起，妇女厉声尖叫……总统通常会如同逃难一般驾着马儿直奔下山……全世界只剩下了嘈杂声。之后，人们便会选出新一届的总统，所有人都为此感到高兴、安心和幸福。所有人都会回到咖啡厅里，继续谈论着政治，然后……没错，之前所发生的一切又会再度上演。他们砸向桌子的拳头越来越有力，直到忍无可忍。

我们需要知道的就是，当艾贝尔的电梯飞到秘鲁戈纳的上空时，他们又濒临忍无可忍的底线。那里已经爆发了一场起义。男人们举着手枪在大街小巷胡乱穿梭，同时还高喊着："把总统赶走！"他们上百人汇聚在政府大楼门前，那里正是总统平日里召开会议的地方。这是整座城市里最高的楼，而他们就在这幢摩天大楼跟前聚集了整整一个下午。他们不停地嘶喊着"把总统赶走"和"把那个恶棍关起来"的口号，连嗓音都沙哑了。召集这场起义的是一位上将。留着黑色小胡子的他在指挥部里亲自指挥行动，派出人数屈指可数的部队，令他们包围了政府大楼。所有的高官都从楼里探出脑袋，喊道："我们投降！进来吧。"可是外面的军队和所有的群众都高声呼喊着："我们要的是总统！"

"他不在！"官员们喊道。

"他在的！"外面的人群喊道。

已经到了午夜时分，可是总统却依旧没有出来。事实上，他也出不来，因为他早就不在楼里了。他已经逃走了。他领着他的妻子、女儿和儿子通过地下通道离开了这幢大楼。他们爬到早已备好的骡子的背上，仓皇地越过了国境线。

可是士兵们和普通群众不知道真相，他们还以为他依旧在楼里。

"我们要的是总统！！！"他们呼喊着。临近清晨时分，天空中泛起一层鱼肚白，人们再也忍受不了了。他们闯进政府大厦，推推搡搡地穿过大理石铺就的走廊，一脚一脚地踩着台阶上华丽的地毯，他们打了哨兵的脑袋，冲破了总统办公室的大门……可是屋里空空如也。"把总统赶走！"他们发出了最后的咆哮，随后三五成群地搜索整栋大厦。他们一直找到阁楼上，在屋顶的下面、古老的木箱里搜寻了一番，甚至还翻查了陈旧的文件……结果却徒劳无功。

人群大失所望地回到楼下，他们站在富丽堂皇的大厅里，身边环绕着棕榈树、画作和一尊尊雕像。

太糟糕了。如果连总统都没有抓住，那还称得上什么革命？

他们怒气冲天，高声喊道："不管怎么样，我们一定要抓住总统！"

就在这个时候，一部电梯落了下来。"哈，"所有人异口同声地喊道，"他们一定就在那里面！总统和他的家人一定全都在里面！"他们用力地推开电梯的门，发现里面有一位先生、一位女士、一个男孩和一个女孩！"哈！！！"人群又一次喧闹起来，"我们抓住他了！"

第十七章

电梯客们被当成间谍了

可是电梯里的人并不是总统。他们是德普先生、克拉德亨老师、艾贝尔和萝拉。他们的电梯不偏不倚地落到了政府大厦的电梯间里。原本电梯间里的电梯又恰好被送去修理了，于是，他们就伴着寻常得不能再寻常的嗖嗖的电梯声，经过所有楼层，来到了大厦底层的大厅里。

艾贝尔是他们四个人中唯一真正被吓了一跳的，因为他早就已经醒了，而其他人是听到外面的吵闹声才睁开了惺忪的睡眼。

德普先生的身上还裹着毯子，看上去一副愚蠢而又困倦的模样。克拉德亨揉着眼睛，而萝拉则紧紧抱着怀里的兔子。

"是总统！"人群呼喊道。果瓜培帕培德尔的老百姓说的是西班牙语。

"这是怎么一回事?"克拉德亨问,"这些家伙想要做什么?"

"是总统!把他抓起来!"他们咆哮道。

"你们什么意思?你们什么意思?"德普先生咕哝道。"别碰我!"当几个留着黑色小胡子的男人抓住他的双腿时,他生气地喊了起来。

"我们这是在哪儿,艾贝尔?"萝拉问,"你是不是按了那个按钮?"

"是的!"艾贝尔哀叹道,"然后我们就落到了一栋大楼里。这栋楼里满是吵吵嚷嚷的人群!你们看哪!我们不偏不倚地落在大楼的电梯间里了!真是一个奇迹啊!我们的电梯多么神奇啊!"

"把他们绞死。"留着黑色小胡子的男人们喊道。

"他们在说什么?"克拉德亨问,"他们为什么这么愤怒?我们惹到他们了吗?"

德普先生站起身,严肃地说道:"冷静一点儿!我们是友好的荷兰人!"

"他是在伪装!"留着黑色小胡子的男人们喊道,"他把胡子剃了个干净。他还把他的儿子打扮成了侍从的

模样。他们全都伪装起来了。"

然而，这一切都是用西班牙语说的，他们四个人一点儿也听不明白。

幸亏士兵们接到命令，要留下活口，把总统和他的全家一同带到指挥部里，送到上将面前。要不然的话，他们可能会莫名其妙地被这些留着黑色小胡子的男人绞死，这些人已经快乐得丧失了理智。

"这么热的天，这些人怎么还能这么狂热呢？"艾贝尔说。他擦去额头上的汗珠。随后，他们四个人全被穿着白色制服的士兵抓住了。

"哎哟！你弄疼我了。"萝拉喊道。

"混蛋，别碰我。"克拉德亨抱怨道。

艾贝尔拳打脚踢地进行反抗，德普先生却是这些人中唯一保持平静的人。"他们早晚会明白，我们不是什么小偷，也不是什么杀人犯。"他说。

接着，他们被推进了一辆白色的豪华轿车里。士兵们站在踏板上。汽车在人群的欢呼声中加足马力，开往指挥部。

与此同时，上将已经接到消息，知道总统被抓住了。他心满意足地坐在指挥室里，一边搓手，一边捋了捋神气的大胡子。要知道，他拥有全秘鲁戈纳最神气的胡子。

这个四人团伙每个人的身上都锁着链条，双手被铐在一起，由人领着来到上将的办公桌前。上将就坐在桌子后面，在六十四名骑士的簇拥下露出一脸严肃的神情，宽阔的胸膛前挂满了勋章。

"真是活见鬼了！"上将一看到面前的德普先生，便操着一口西班牙语咆哮起来，"他不是总统！"

"这个人就是他伪装的，上将。"士兵们含糊不清地说。他们把这几名战俘押送过来的时候是多么自豪啊！

"我说过了，他不是总统。"上将大发雷霆，"难道我会分不清楚他是总统还是流氓吗？即使那个杂种化成灰我也认得出来！我跟他一起吃过上百顿饭！你们这些蠢货抓错人了！"

"可是，难道他们不是总统跟他的妻子、女儿和儿子吗？"士兵们胆战心惊地问，"这家人是我们在政府大厦的电梯里找到的。他们肯定就是总统一家啊。"

"不是的。"上将嚷嚷起来，"总统夫人非常胖，可是这位女士却骨瘦如柴！她不是总统夫人！那个男孩也不是他的儿子，那个女孩也不是他的女儿。滚出去！"上将冲着他的士兵们怒吼道。而当这群可怜的家伙灰溜溜地逃向门口时，他又喊道："部队，留下！我们必须先弄清楚，他们究竟是什么人。"

"你们是什么人？"他用西班牙语问德普先生。德普先生明白他想问什么。"我叫德普，来自米德兰姆消灭飞蛾公司。"他说，"我们正乘着电梯旅行。这位是歌唱班的克拉德亨老师。这个是艾贝尔，就是他让电梯飞起来的。这个是萝拉。哦，对了，这个是山姆，他是一只小兔子。"

"我们什么也没有做。"克拉德亨老师说。

"我们是荷兰人。"艾贝尔说，"无论这里发生了什么事，我们都是无辜的。"

"谁听得懂这群白痴在说什么？"上将冲着他的保镖们咆哮道。可是没有人明白他们说的话。

"上将，"副官说，"他即使不是总统，也毫无疑问是个间谍，一个带着全家一同来到这里的外国间谍。在我看来，还是有必要把他们关押起来的。"

"你说得对。"上将说。"把他们押下去！"他粗声粗气地说道，"把他们带到关押间谍的那个白色监狱去。好好审审他们！"

"上将，"副官说，"这些人没有什么好审的，因为我们根本听不懂他们说的话。"

"哦，也对。"上将说，"咳，那就别审他们了。给他们送些好吃的过去！再给他们一张好一点儿的床。他们如果是职业间谍的话，说不定以后也能为我效力呢。"

随后，艾贝尔和他的旅伴们就被押了下去，又一次被塞进白色的豪华轿车里。车子沿着林荫大道向前驶去。道路的两旁种植着棕榈树，在曙光的映衬下显得郁郁葱葱、绚烂多姿。

"有鹦鹉！"萝拉喊道。

"有仙人掌。"艾贝尔喊道，"快看，它好大呀！"

"他们要对我们下手了。"克拉德亨沮丧地说。

"一会儿就知道了。"德普先生十分平静地说道，"要是他们能把这些链条打开就好了，我都快喘不过气来了。"

汽车停了下来，他们被带进一幢房子里。这是一栋低矮的白色房屋，周围环绕着漂亮的花园，只不过，花园的外侧用铁丝围着一圈高高的栅栏。

"是监狱。"艾贝尔说。

"很舒适的监狱。"当克拉德亨被带到三楼，来到一个宽敞而又明亮的房间里时，她脱口而出。这个房间里摆着四张床、一张桌子和几把椅子。

士兵们一声不吭地解开了他们身上的链条。随后，他们微微一笑，离开了房间。

"哎呀呀，"克拉德亨说，"简直就是一种解脱啊。他们甚至没有锁门！"

"反正我们也逃不掉。"艾贝尔说，"说不定我们刚到走廊就会被抓回来！"

门又一次被打开了，一个女仆打扮的人走了进来。这个女孩年轻、可爱，有着乌黑的头发和深棕色的眼睛。她托着一个巨大的盘子，上面摆着米饭、面包、无花果、香蕉和咖啡。

"哎哟哟。"等她放下所有的东西，走出大门后，德普先生忍不住说道。

"我们先美美地吃一顿早餐吧。"克拉德亨说，"任何事都等吃完了再说。"

于是，他们便吃了起来。

第十八章

在白色的监狱里

"我们已经在这个可怕的监狱里待了多长时间了?"艾贝尔叹了一口气。

"应该已经有四个星期了。"克拉德亨说,"不过,这个监狱可称不上可怕。我们的情形并不算很糟。再吃一块菠萝吧。"

"所有的监狱都是可怕的。"德普先生说,"即使能够在床上用早餐,即使能够吃到鱼子酱和奶油,即使能够被他们用芳香扑鼻的棉布裹着,即使他们在我们的墙壁上涂上金漆,即使可以坐在用钻石做成的吊灯下面,可是一旦被囚禁着,所有的欢乐也就烟消云散了。"

"我真想到外面去啊。"萝拉说。她正在房间的一个角落里练习倒立。她的声音从很低的地方传来,简直就像是从地底下传出来的。不过大家早就习以为常了，因为她时常都在倒立。小兔子山姆啃食着一些白色的根茎，这是外面的人每天特地为他送来的。

四个星期的时间十分漫长。门没有上锁，可是走廊里站着三名背着枪支的哨兵。他们获得准许，可以使用浴室，不过也仅此而已。他们还要在这里待多久？这一切究竟是由什么引起的？他们至今也没有想明白。

与此同时，上将在指挥部里的日子也不好过。秘鲁戈纳的人民宣布罢免了他们的总统，这么一来，就需要选出一名新的总统。他，作为英勇无比的上将，应当成为新一任的总统。可是眼下，上将却犹豫不决起来，他不确定自己究竟想不想当总统。一方面，当总统有很多好处：当上了总统，就能住上郊外华丽的别墅，白天还可以在政府大楼漂亮的办公室里上班；更何况，工作很轻松，反正已经那么有钱了。所以说，当总统是一件美差。而另一方面，上将也渐渐地明白了秘鲁戈纳的现状：大约每隔一年就会爆发一场革命，每到那时，总统就会成为罪人，人民会发动暴乱，窗户全都被砸烂，枪声四起，妇女厉声尖叫，总统不得不匆匆忙忙、悄无声息地逃走，要不然，他就会被关进监狱里或者被处死，有时甚至两者皆不能免。上将可不想被处死。所以，他犹豫不决，不知道自己该如何选择。他到底应不应该当总统呢？他数着军装上的勋章，他的勋章全都镀着一层金色，而军装却是洁白洁白的。当，不当，当，不当……当！数到最后一枚勋章时，恰好是"当"。这么看来，他的确应该当总统。可是万一革命可怎么办呢？一年之后是一定会爆发革命的呀！他拿起一把剪刀铰掉了最后那枚勋章。现在再数一遍：当，不当，当……不当！这一回的结果是"不当"。这么看来，他用不着当总统了。可是这样做真的妥当吗？他想：这样吧，我暂时不做决定，再拖上几天。

这时，门口传来了敲门声。原来是他的副官。"上将，"他说，"请允许我提醒您一下，那间谍一家已经在白色监狱里关了四个星期了。"

"我的天哪，"上将一边说，一边拿起一小块布擦了擦手指甲，"我们该怎么处理他们呢？你就不能试着再跟他们谈谈吗？"

"我会再试一试的，上将。"副官说完，立刻动身去了白色监狱。

当他来到监狱时，这四名间谍正在起劲地唱着《在碧绿碧绿的田野上》）。为了保持他们的斗志，克拉德亨时不时地就会带领他们唱一首歌。

副官彬彬有礼地站在房间门口，静静地等他们唱完。他的心里想着："多么可爱的人啊。他们唱得可真美。"

随后，他又一次用西班牙语提出了各式各样的问题。德普先生一句也没有听懂，于是，他大肆地赞美起他的顶级灭蛾球来。

"看哪，"他说，"这些小球足以让整栋房子免受飞蛾的困扰。"

他拿起他的公文包，从里面掏出一个顶级灭蛾球来。"给。"德普先生一边说，一边递给副官一个小球。副官倾了倾身子，接过他递过来的球，行了一个礼，接着便离开了。

"我们必须积极地跟他对话。"当副官走出大门后，德普先生说道，"我不知道这个人问了些什么，所以我就开始为我的生意打广告了，反正这么做是一定错不了的。"

"我们可以试着在夜里偷偷地逃出去。"艾贝尔说，"我们可以试着从窗户爬出去，反正这里一点儿也不高。"

"可是之后还得从围着铁丝网的墙上翻过去呢。"萝拉说，"它们可高了，我们是永远也翻不过去的。"

"再说了，就算我们翻过去了，也没有什么用。"德普先生说，"我们怎么才能在一个陌生的国家、一个陌生的城市里，在一群听不懂我们说什么的人中间生存呢？"

"如果这里的人都是些谦谦君子的话，那倒还好说，"克拉德亨说，"可是他们偏偏都是些留着令人害怕的黑色小胡子，戴着大帽子，除了大呼小叫、乱发脾气什么都不会的坏人。我还以为这样的人只有在电影里才会存在呢！呃，我宁愿待在这个房间里，哪儿也不去。想要在这里生活可不是一件容易的事。生活会变得越来越艰难。我们在这里一日三餐都有人照应，况且还是人间美味。他们简直把我们当成了贵宾！"

她说得一点儿不错。他们在这里的生活的确好得出奇。一头乌黑头发的女仆时常托着一大盘新鲜美味的水果、玉米面做成的餐点、烤鱼、烤得松软酥脆的面包……他们还能喝上苹果酒，只不过这种酒不太合他们的口味。

"只要逃出去，我们不就可以回去寻找电梯了？"艾贝尔继续发牢骚，"这个城市里没有那么多的高楼，我们可以轻易地找到电梯所在的那栋楼。我们只需要想个办法从这里逃出去就行了，用不了半个小时，我就可以带着你们找回属于我们的电梯。"

"哎，你要是能想出一个办法，让我们从这里逃出去的话，那就太好了。"克拉德亨说，"只要你不把我们丢给那些暴脾气、留胡子的男人就好。"

四个人全都不作声了。这一刻，他们内心充满了渴求，只希望能够回到那个小小的、会飞的房子里去，回到那部特殊的旧电梯里去，回到那个承载着他们四个一路从荷兰飞到这里的电梯里。

"前提是没有人坐着那部电梯飞走。"突然，艾贝尔忧心忡忡地说，"那栋房子像是一座宫殿，里面人满为患，说不定他们之中已经有人走进电梯里，按下了最上面的那个按钮，那么他现在一定驾驶着电梯在天空中飞翔呢！"

"这个可能性很大。"德普先生阴郁地说。

"我不相信，"克拉德亨说，"在我看来，这里的人太笨了，根本不会去按最上面的那个按钮。可是，你得听我说，乔塞亚斯。在我们待在这个国家期间，如果再有人像刚才那样来审讯你的话，不管他是上校还是什么人，你可千万不要提起任何关于电梯的事。想想看吧，他们一旦知道了这个秘密，一定会把那部电梯占为己用。"

"你说得对，小克拉德亨。"德普先生说，"这个可能性倒是不大，因为他们根本听不懂我们说的话。不过有些事，谁也说不好。"

第十九章

逃离监狱

夜半时分，德普先生醒了过来。他是被人摇醒的，有人推了推他的胳膊。

"嗯……"他嘟哝道，"怎么了？"

"我有办法了……"一个微弱的声音说道。这个人原来是艾贝尔。

"你有什么了？"

"我们可以逃出去了！"

德普先生突然清醒过来。"怎么逃？"他压低声音问道。

"从浴室逃出去。"艾贝尔说。与此同时，他把另外两个人也弄醒，告诉他们自己看到的事情。"透过浴室的小窗户往外看，"他说，"就可以看到一辆大卡车。卡车的后面装着许多空袋子。我们必须一个接一个地到浴室里去，这就要在哨兵的眼皮子底下穿过走廊，之后，我们就从浴室的窗口爬出去，钻到那些袋子里。明天大一清早，那辆卡车就会开走。"

"你是怎么知道的？"克拉德亨问。

"所有的卡车都是在一大清早开走的。"艾贝尔说。

"嗯……"德普先生说，"可是那些哨兵呢？那些哨兵又不傻！你想得可真美！如果我们排成一排，挨个到浴室里去，而且一个都不出来，他们一定会以为我们在那里面玩室内游戏呢！别做梦了！他们当然会十分警惕的。"

"不会的。"艾贝尔说，"不会的，他们已经快睡着了。他们根本就不会留意到我们的。刚才这一小会儿工夫，我已经去过三趟浴室了，可他们连眼皮子都没有抬一下。"

"咦，"萝拉说，"我们快去吧！我们去试试。就这么说定了！"她不停地上蹿下跳，而她的一头卷发也随着弹了起来。

"嘘。"克拉德亨小声地说，"小点声！"

他们细细地思考了一番，应该带上哪些东西。"别带太多，"艾贝尔提醒他们，"也许我们得穿过整座城市，要是带了太多东西的话，会引起别人的怀疑的。"克拉德亨仅仅往她的针织包里装了几根香蕉。萝拉往自己的围裙口袋里塞了一些面包。

"我先走。"艾贝尔说，"我把我的床单带上，一会儿可以从窗口沿着床单爬下去。你们也照我这样做。德普先生，请您等我走了五分钟之后再出来，之后是萝拉，再轮到克拉德亨，行吗？等我们四个全都到浴室里集合了，我们再采取下一步行动。"

艾贝尔走了大约五分钟，这时，德普先生拿起自己的床单，把它塞进皮夹克里，毅然地穿过走廊。其他人留在屋子里，仔细地聆听外面的声音。外面一点儿动静也没有。哨兵们并没有发出任何警报。

"该我了。"萝拉说。她把床单裹在身上，看上去就像是披着一件睡袍，随后，她迈着大步穿过走廊。她从哨兵的面前走过，那里一共有三名哨兵，一个站在左边，一个站在右边，还有一个站在中间，他们全都一动不动地站着。他们的眼睛睁开着，可是似乎全都睡着了，因为当萝拉打扮得像鬼一样地从他们面前走过时，他们一丝都没有挪动。她推开浴室的门，发现德普先生和艾贝尔正忙着把两条床单系到一块。

"瞧瞧啊。"萝拉说,"我来了。现在只差克拉德亨了。"他们忐忑不安地等待着。他们把萝拉的床单跟另外两条系在一起,随后便等待了起来。

他们等了五分钟,之后又等了五分钟,可是依旧没有见到克拉德亨。德普先生心乱如麻地在浴室里来回踱步。"她一定是被他们抓住了。"他说。

"不会的。"艾贝尔说,"如果是的话,我们一定会听见动静的!如果他们抓住了克拉德亨的话,她一定会大声尖叫的。"时间又过了五分钟。

"见鬼。"艾贝尔嚷嚷起来,"明明已经计划得那么完美了,偏偏在最后一个环节上失败了。如果再等下去,太阳就该升起来了。用不了多久,卡车就要开走了。用不了多久,哨兵们就会醒过来,然后到这里来巡查!哦,克拉德亨到底上哪儿去了?"

"她该不会睡着了吧?"萝拉说。"我们还是回去吧,"德普先生说,"我们还是乖乖回去睡觉吧。"

他的话音刚落,门就被打开了。是克拉德亨!她惊慌失措、气喘吁吁、满脸通红。

"你到底上哪儿去了?"德普先生生气地说道,"你的床单呢?"

"总算到了。"克拉德亨说，"吓死我了。你问我的床单？哎呀呀，我忘记拿了。"

"您手里拿着的是什么？"艾贝尔问，"是针织品吗？"

克拉德亨老师的脸上大放异彩。"是纱帘，"她说，"我把挂在窗口的窗帘摘下来了，所以才花费了这么长的时间。这下，我们终于可以给我们的电梯安上窗帘啦。可是我没有剪刀，所以只能用手指把它弄下来。不过，最重要的是，我把它带来了。说吧，我现在该从哪儿跳出去？"

"嘚嘚嘚，"德普先生说，"你先是让我们等了老半天，让我们急得像热锅上的蚂蚁，一来了反倒还催我们！"

"去你的，乔塞亚斯，"克拉德亨不满地抗议起来，"居然敢拿这种语气跟我说话！"

"嘘嘘嘘，"艾贝尔说，"这么关键的时候，千万别吵架。我们必须采取行动了。"

他已经把纱帘跟三条床单系在了一起。

"你疯了吗？这么漂亮的纱帘！"克拉德亨斥责道。

"它会被撕裂的。"德普先生说。

"它能挺住！"艾贝尔坚定地说，"我先下去。你们看，最顶端已经牢牢地绑在窗框上了。等我到了下面，

你们再挨个下来。"

他如同一只猴子一般，身手敏捷地从窗口爬了出去。才过了几秒钟，他们就听见他从底下传来轻微的"咝咝"声，向他们示意自己已经到下面了。

现在该轮到萝拉了。对她而言，这也是小菜一碟。可是这个时候，德普先生和克拉德亨却为了谁先下去而争吵了起来。

"我先下。"克拉德亨说，"你太胖了，乔塞亚斯，你必须最后一个下去。到时候，就算纱帘被扯破了，也没有关系。我们会接住你的。"

"那好吧，你先下。"德普先生说。他伸出自己的腿，给克拉德亨提供支撑。克拉德亨叹息着、喘息着、哀叹着从窗口爬了出去，爬到一半还发出了几声轻微的尖叫，这让所有人都吓得失魂落魄，好在她终于落地了。

当身躯笨重的德普先生悬挂在天地之间时，所有人的心都提到了嗓子眼，用床单和纱帘绑成的绳索发出了不合时宜的嘎吱声。

"哎呀呀，我要掉下来了。"他时不时就会小声喊，"哎呀呀，抓紧我。哎呀呀，接住我。我要掉下来了！"

最终，他也毫发无损地落了地。

随后，他们四个全都爬到了卡车上。东边的天空泛起了一片红色，到了破晓时分，再过半个小时，天就该亮了。

"等一下，"艾贝尔说，"这样可不行。"

"怎么了？"

"床单还挂在窗口呢。这可不行。要是卡车司机过来的话，他一定会看见，然后拉响警报的。"

"咳，"克拉德亨说，"那你就爬上去把绳子解开吧。"

"那我怎么下来呢？"艾贝尔气呼呼地问。

"哦，对了。"克拉德亨说。

这还真是一个大问题。

"如果我们四个一起拉住它的话，我是说，我们四个同时用力，"萝拉说，"那么它一定会断的。"

他们从卡车里爬出来，一同拽住床单。

"加油！"德普先生喊道。他们四个同时拉住床单，用力地蹬腿，终于成功了。一阵撕裂声传来，他们四个全都被摔了个四脚朝天。

艾贝尔把床单卷了起来。他们全都坐上卡车，把空袋子遮盖在自己身上。他们还没有完全准备好，就听到了一些声音。

两个男人走进花园。艾贝尔偷偷地透过袋子张望了一下，原来是两个留着黑色胡子的行事张扬的男人。他们坐进卡车里，点燃了发动机。"嘟嘟——"喇叭响了。

卡车出发了，朝着自由驶去。

第二十章

寻找宫殿

　　卡车加足了马力，开出大门，行驶在公路上，沿着棕榈树环绕的林荫大道，绕过变幻无常的弯道，转过几个急转弯……究竟是去哪儿呢？藏身在袋子底下的那几个人甚至不敢仔细观察一番。

　　只有艾贝尔敢偷偷摸摸地张望外面的情景。要不是这么危险的话，他真想开怀大笑，并且放开嗓门高歌一番。在户外行驶的感觉实在是太好了，即便身上盖着一个袋子，那也感觉好极了。终于能够见到蓝天、太阳、鲜花，以及在洋槐树上摇头摆尾的绿色鹦鹉了。这会儿，他们正行驶在一条宽阔的大道上，这条路很长，似乎没有尽头。过了一刻钟的样子，他们好似来到了市中心。艾贝尔看见悬挂着色彩艳丽的海报的大型电影院、大型商场、酒店，以及露台上被棕榈树和鲜花环抱的餐馆。果瓜培帕培德尔是一座多么美丽的城市啊！艾贝尔唯独没有见到的就是人。城市里空无一人，这会儿才刚刚早上六点钟。

艾贝尔心里想："城市里这么安静，太可惜了。过一会儿，等卡车停下的时候，我们就设法偷偷地从车上滑下去，混进人群里。"

车停了，停在一家小咖啡厅的门口，咖啡厅的窗口还撑着几顶天棚。店门关得死死的。司机和他的助手走下卡车，大声地呼喊起来。"荷西！"他们喊道。

一个脑袋从咖啡厅楼上的窗户后面探了出来。不一会儿，店主就来到楼下，他把椅子搬到露台上摆放整齐，又把桌子擦得干干净净，随后与两位客人一同坐下，喝了起来。不用说，他们喝的自然就是苹果酒。他们谈论起政治，拳头砸向桌子。他们的情绪变得越来越激昂。

艾贝尔的心里想："是时候了。他们听不见别的声音了，他们已经沉醉在自己的谈话中了。"

他轻轻地吹了一声口哨，德普先生和其他人的脑袋便从袋子底下冒了出来。

往这边，艾贝尔用手指了指。他们从卡车的侧面爬了下来。而这一侧正好被挡住，咖啡厅里的人什么也看不见。"跟我来。"艾贝尔一边说，一边飞快地拐进了旁边的一条小巷子。他们奔跑起来。露台上的男人们却丝毫没有察觉。

他们从白色的监狱里逃了出来。

"咻，"艾贝尔叹了一口气，"我们已经逃出很远了吧?"

"干得漂亮，好小伙子。"德普先生夸奖道，"你实现了整套计划。"

"现在，我们应该到那边的高处去。"艾贝尔说。

"你怎么会认识路?"克拉德亨惊讶地问。

"我不记得路，可是我们要找的是一栋很高的楼，我们的电梯就在那里。我们只要沿着那条小巷子往高处走，就可以俯瞰整座城市了。"

显然，这座城市是依着几座不同的山建成的。当他们沿着陡直的小巷子攀到高处时，整座城市便尽收眼底。

艾贝尔左瞧瞧右看看。"在那儿!"他喊道，"就是那边那栋!我认出那栋楼了。它是一栋宫殿模样的大楼，前面还有一排石柱廊。"

"看起来倒是很近。"萝拉说。

然而，事实上，那栋楼离他们并不近。他们沿着狭窄的街道和宽阔的大道行走了半个小时，好不容易才来到政府大厦的门前。

城市里也逐渐变得繁忙起来。汽车的喇叭欢叫着，女人们头顶着巨大的篮子朝着市场走去，一辆冰激凌车发出叮叮当当的响声。城市里车水马龙，好不热闹。

可是那座巨大的宫殿，也就是政府大厦却一副死气沉沉的模样。大楼外高高的大门紧锁着。"等到了八点半，它一定会开门的。"德普先生说，"到时候我们就能进去了。我们先在人行道上等一会儿吧。"

他们坐了下来。萝拉把小兔子放出来，看着他蹦蹦跳跳。有了自由，就连这个小家伙看上去也明显开心了许多。他心花怒放地四处乱嗅。

他们一边吃着香蕉，一边等待着。他们不知道的是，即使过了八点半，这栋楼也不会开门；就算过了十点或者十一点，也依旧不会开。整栋大楼是政府大厦，可是眼下却没有政府。总统被罢免了，而新的总统却迟迟没有被选出来。

第二十一章

灭蛾球

同样是在这天早晨，副官来到了上将的办公室里，想要向他汇报白色监狱里那几个听不懂说的是什么语言的间谍不见了，可是指挥部里却不见上将的身影。

"他生病了。"哨兵说，"上将病得很严重。他在家里躺着呢。"

副官立刻坐上小汽车，让司机带他前往上将的郊外别墅。别墅里接待他的有二十六名身穿白色制服的仆人和同样身着白衣的上将夫人。他们全都悲痛不已地告诉他上将的状况非常不妙。

他受到了紫罗兰综合征的侵袭。紫罗兰综合征是一种十分可怕的疾病。所有受到感染的人都会面露些许紫罗兰色，遭受令人忍无可忍的腹痛困扰。只有喝了太多苹果酒的人才有可能感染这种疾病。可是，由于秘鲁戈纳的人们总是饮用过多的苹果酒，因此许多人都感染了紫罗兰综合征。这一回，就连上将本人也没能幸免于难。短短几个小时，他的情况就已经严重恶化，人们不得不把他搬到床上。他一动不动地在一张大床上躺着，头顶支着紫色的华盖。这张上将床铺华美极了，只不过，上面的紫色与他脸上的紫罗兰恰好撞了色。

"哼……"他呻吟着，"哼哼哼！"

副官走到他的床边坐下，说了几句鼓励的话语。"一切都会好起来的。"他小声地说道，"这远不是您第一次遭受痛苦，可是您每一次都能平安地度过。"

"哼哼哼。"上将含混不清地回答道，"还从来没有……哼哼……还从来没有像今天这么严重过。那个混蛋医生……哼哼……被我开除了。他已经被轰出去了。我再也不要见到他。他根本就是个庸医。哼哼！"

副官感到了一丝恐惧。他该说些什么呢？说不定他自己也会被轰出去。也许用不了多久，他就会被仆人们从别墅的台阶上赶下去。豆大的汗珠从他的额头上滚落下来，他把手伸进裤子口袋里去掏手帕，可就在这时，他摸到了一个圆滚滚、硬邦邦的东西。原来是德普先生的灭蛾球。

这时，他冒着风险，做了一件在他当副手生涯中所做过最危险的事情。

"上将，"他彬彬有礼地说道，"我这里有一粒药，它或许能够治好您的紫罗兰综合征。如果您愿意就着水把它吞下去，那将是我莫大的荣幸。"

"哼？"上将呻吟着发出哼哼声，可最终还是接过了那粒药丸。他的肚子早已疼痛难忍，任何有可能减轻他痛楚的东西，他都愿意试上一试，就算副官拿来的是一只活生生的蝙蝠，他也会毫不犹豫地吃下去的。

上将就着一大口水，把灭蛾球吞了下去。

"呃呃……咯咯咯……唏唏……阿拉不不不不……"他喘息着。那粒药丸的味道简直令人作呕。"哼哼……"他呻吟道。

"哦哦哦，老天保佑啊……"副官的心里想，"万一他的病情加重了可怎么办呢？说不定他会死的！不过，至少谁也不会知道他是怎么死的。"

他哆哆嗦嗦、摇摆不定地坐在床边等待着。上将闭上了眼睛，整整几分钟他都纹丝不动。

随后，他睁开双眼，说道："我想要吃鱼。"

"您说什么?"副官问。刚才的紧张还没有过去,他依旧打着哆嗦。

"吃鱼。"上将说,"给我来一条鲜美的鳗鱼,浇上些奶油沙司。见鬼,副官啊,你真是一个好小伙子!你救了我的命!我感觉好多了。我一点儿也不疼了。我的脸还是紫罗兰色的吗?"

不是,上将的脸上一丝紫罗兰色都没有。他的脸庞粉扑扑的,十分健康。

"我好多了!"他兴高采烈地喊道,"我这就要离开这张该死的床!帕斯科莉塔!"

上将夫人匆匆忙忙地跑了进来。当看见上将站在自己的床边时,她着实被吓了一跳。

"帕斯科莉塔,"他大声地嚷嚷起来,"我的病好了。我想吃鱼!"帕斯科莉塔夫人幸福得手舞足蹈,发出欢叫声。她拥抱了她的丈夫,随后立即动手准备鲜鱼大餐。与此同时,上将目不转睛、一脸严肃地盯着自己的副官,说道:"我的救命恩人!"

"上将,"副官说,"真正救了您命的人不是我,而是那个外国间谍,就是跟他的家人一同被关在白色监狱里的那个。这粒药是他给我的,他向我保证这粒药一定能够治好紫罗兰综合征。"最后这句话完全是瞎编乱造，德普先生根本就没有听说过紫罗兰综合征，更不知道灭蛾球有治愈疾病的功效。这些话都是副官编造出来糊弄上将的。

上将听得目瞪口呆。"间谍一家？"他喊道，"立即把他们带到这儿来，请他们来一起享用我们的鲜鱼大餐。我要紧紧地拥抱他们。我会给那个男人颁发最高荣誉勋章——皇室蜥蜴勋章！"

上将的命令立刻就被传到了监狱里：释放这几名间谍，并且将他们送到上将的郊外别墅里去。

可是信使回来的时候却带回了一条消息：这几名间谍一大清早就逃跑了。

一听到这样的音讯，上将的脸立刻又变成了紫罗兰色。只不过，这一回却是被气的。

"逃跑……"他咆哮起来，"居然有人能从我的白色监狱里逃跑？难道哨兵没有站在自己的岗位上吗？真是天大的耻辱！大逆不道！必须立刻开除监狱长！传我的话，必须把他们绞死，他们居然这么轻易就放走了最最危险的四名间谍！"

"不好意思，上将，"副官小声地说道，"可是，您自己不是也说过要释放他们的吗?"

"那是我的事。"上将喊道,"我是想释放他们,可是那几个白痴却让他们逃跑了。真是奇耻大辱。立刻给我全城搜捕。立刻派两支中队去找。把每一栋房子都搜一个遍!封锁边境线!把森林里的树全部砍光!立刻就去!"

这下可真是大动干戈。士兵们全副武装,倾巢出动,占据了整座城市。这项工作的难度并不高。才用了不到半个小时,他们就在政府大厦的门口找到了间谍一家。找到他们的时候,他们正在吃香蕉。小女孩用手支撑着上身练习倒立,一只胖嘟嘟、黑白相间的兔子用前腿支撑着练习倒立。他们的身旁围了一大群人,这群人开心得哈哈大笑,不停地鼓掌。

这四个家伙又一次被推进一辆白色的豪华轿车里,车子载着他们开走了。这一幕已经在这座城市里发生过一次了。

"被逮住了,"艾贝尔说,"我们太笨了,居然又被逮住了。我们明明应该躲起来的。"

第二十二章

上将家里的宴会

　　他们又一次在果瓜培帕培德尔被逮捕了。白色的豪华轿车又一次载着他们穿过被棕榈树和洋槐树环抱的林荫大道。蓝绿相间的鹦鹉在树上摇摆，周围满是仙人掌和随风摇曳的白色花簇。

　　"车子又会径直开向那座令人生厌的监狱。"德普先生说，"小心一点儿。"

　　"我刚刚的表演明明那么出色，"萝拉说，"你们说是不是很棒？"

　　"真是一个糟糕透顶的国家。"克拉德亨说，"真是一群糟糕透顶的人。他们动不动就把人关起来。"

　　"可是这不是去监狱的路。"艾贝尔一边忐忑不安地盯着外面，一边说，"我们正行驶在一条完全不同的道路上。我们到郊外了。快看啊，这里多么美丽啊。"

他说得没错。他们正在横穿一片如画的美景。汽车载着他们，加足马力，飞快地驶向上将的郊外别墅。

上将已经得到消息，知道这四名间谍已经在前往别墅的路上了。他和他的妻子帕斯科莉塔来到白色别墅的门口，站在大理石铺就的台阶上，等着迎接他们的到来。

"欢迎！欢迎！"当白色轿车在上将面前停下时，他大声地喊了起来，"我的朋友们！我的恩人！我的救星！"

车门被徐徐地打开，德普先生第一个跌跌撞撞地走下车子。他刚一出来，上将就一把抱住他，并且亲吻了他的两侧脸颊。"您救了我的命。"上将深情地低语道。

克拉德亨的两侧脸颊也同样被亲吻了一遍。她不敢冒然推开上将，可是却露出了十分鄙夷的表情。

帕斯科莉塔夫人也结结实实地把艾贝尔和萝拉搂到自己的胸口。这是当地常见的情感表达方式。他们一点儿也不觉得别扭。萝拉怀里的兔子丝毫动弹不得。原来当她被抱住的时候，兔子正在她的怀里。

"宴会的用餐已经准备好了，我的朋友们，"上将欢天喜地地喊道，"我们将在宴会大厅里庆祝我的康复，并且挽回这四位救命恩人的名誉！"

"他在说什么……"德普先生咕哝道。可是他们来不及犹豫,一大群人便前呼后拥地围了上来。其中的长官们穿着华丽的白色制服,戴着金色的丝带和勋章,腰上挂着佩剑,不住地点头哈腰,眉开眼笑。女士们穿着花团锦簇的丝绸礼服,向艾贝尔弯腰行礼,领着他来到宴会大厅。二十六名仆人正在那里伺候他们享用晚宴。桌子上摆着满满当当的银制碗碟,里面装着各种美味佳肴。一支探戈乐队正在角落里的棕榈树下演奏音乐,大厅里满是客人。四名嘉宾被引到了上将和上将夫人之间的贵宾席位上,这么一来,艾贝尔的心里七上八下的。"他们该不会也以为我是他们的儿子吧?"他忐忑不安地压低声音对萝拉说。

"我想应该不会。"萝拉说,"也许他们以为我是他们的女儿,要不然就是以为德普先生是他们的父亲。不管怎么样,他们肯定是错误地以为了某件事情。"

他们之中唯一发自内心地感到喜悦的就是克拉德亨老师。她心里高兴极了,因为这个国家里终于有人友好地接待她了,于是,她滔滔不绝地同帕斯科莉塔夫人聊起天来。可是,她们两个听不懂对方的语言,因此,她们的对话变得语无伦次。

"我想要跟这些人说几句话。"大家正在喝汤的时候，上将突然喊了起来，"我们不是有一个会说英语和德语的翻译吗？叫他到这儿来，跟这些人聊聊。"

这位翻译与所有秘鲁戈纳的男人没什么两样：矮小、黝黑，留着一撇黑色的小胡子。他先是用英语与德普先生交谈，之后又改用了德语。他们的对话进行得无比顺畅。他们听懂了对方所说的话。

"很好。"上将喊道，"问一问，他们是从哪里来的。"

"他们来自荷兰。"翻译说，"荷兰，在欧洲的北部。"

"他们是怎么来到这里的？"上将问。

"您是怎么来到这里的？"翻译用德语重复了一遍这个问题。

"我们是乘着电梯来的。"德普先生说。他并没有撒谎，他们完全可以把事情的来龙去脉解释清楚，然而他却不怎么愿意把电梯的秘密公之于众。

德普先生接过话茬，不断地提出自己的疑问。他问到他们为什么会被逮捕，也问到他们为什么在白色监狱里待了这么久，还问到了为什么这些人突然待他们四人亲如兄弟。直到现在，他才第一次听说自己遇上了秘鲁戈纳的大革命，听说总统被罢免了，听说自己和另外三个同伴起初被人当成了总统一家。除此之外，他还听说自己送给副官的那粒药对治愈疾病有奇效。而这种疾病恰恰是肆虐了大半个秘鲁戈纳的紫罗兰综合征。他们想要知道他还有没有更多的药物。

德普先生的心里想："我的天哪，是我的顶级灭蛾球。它居然能够治愈疾病？这也太有意思了。"

"我还有。"他说。

这个消息太振奋人心了。上将欣喜若狂。这件事太值得举杯庆祝了。他们什么都喝：冰镇的白葡萄酒、香槟、苹果酒、柠檬汽水、菠萝汁……他们什么都吃：鱼、鸡肉、甜面包、水果、坚果……乐队奏起了最优美的伦巴舞曲和探戈舞曲，黑人音乐家表演了吉他独奏，唱了一支深情款款的西班牙语歌曲。

德普先生也通过翻译告诉大家，萝拉和她的神奇小兔将为客人们献上特别的表演。

仆人们把巨大的桌子抬到一边。来访的各位高官和他们的夫人围成一圈。大厅中央的橡木地板上一个人也没有，萝拉怀里抱着山姆，来到人群的中央鞠了一躬。

她首先表演的是倒立。随后，她像一个柔术演员一般，把身体向后倒去，她的手脚支撑在地上，身体形成了一座拱形"桥"。而兔子山姆则优雅地来到她的身旁，灵巧敏捷地翻过了这座活生生的"桥"。这幅画面真是有趣。

在他们被关押的四个星期中，萝拉和山姆一起练习了许多难度很高的表演。他能够倒立着从她的双腿之间穿行，也能够在她的胳膊中间跳圈。他还能够紧紧抱住她的大脚趾，任由她转圈，并且越转越快，直到他在空中滑翔起来……这太美妙了，太不可思议了，客人们鼓掌欢呼，把鲜花撒向萝拉和她的兔子。"拉风尚的……"他们喊道。这句话的意思是"好极了"。

所有人都目不转睛地盯着萝拉的表演，而上将却在跟德普先生聊天。翻译坐在他们中间，为他们做口译。

"说到那些药丸，"上将说，"我的一个小侄女得了紫罗兰综合征，病得十分严重。您能够帮助她吗？您可是一位医术高明的大夫啊！"

"是的，"德普先生说，"这么说吧，我的确是一名医术高明的大夫，我也很愿意救助您的小侄女。不管怎样，我们来到这个世界就应当互相帮助，不是吗？"

"我还有一个好朋友。"上将继续说，"他同样患了这个可怕的疾病，已经在床上躺了五个星期……您能够也……？"

"哦，当然了，用不着说，不管怎样……"德普先生说。"真是个大好人啊。"上将在心里想，"他拥有我们急需的药物。他乘着电梯从荷兰千里迢迢来到这里，将我们从紫罗兰综合征的魔掌中拯救出来……"上将的眼里饱含热泪，他再一次拥抱了德普先生。这个感觉并不太好，因为上将的小胡子上沾满了香槟和苹果酒，外加一丁点烤鱼。

"我担保，你们将在这里过上富足的生活。"上将说，"我会为你们安排一栋别墅，一辆汽车，还有……"突然，他的话匣子关上了……他想到了一个主意，一个绝妙无比的主意。即便是像上将这样尊贵的人，也很少能够想到这么绝妙的主意。他想，我们应该让这个男人成为秘鲁戈纳的总统。这样做的首要优势就是：我用不着亲自当总统了，一年之后，我就不会被枪毙或者驱逐。再说，还有第二个优势，那就是：这个男人对国家事务一窍不通，这是他成为总统的最大优势。他会把一切管理权都交到我的手上，我可以为他提供建议，实际上，我才是真正的总统，可我却能够借着这位外国医生的名义，这位……他到底叫什么名字来着？"

"您叫什么名字？"他问。

"我叫德普。"德普先生说。

上将想："一个总统叫这样的名字再合适不过了，具备异域情调，独一无二，并且值得信赖！可是我得以一个合理理由把这件事情公之于众，让人民乐于接受他。"

上将有了一个非常合理的构思！别墅里的宴会还在进行得热火朝天的时候，他就已经口述了一篇报道，登在《当代果瓜培帕培德尔》上。这篇报道讲述了一位伟大的外科医生如何来到这里救助患上了紫罗兰综合征的人们，讲述了他是怎样一个善良、伟大、睿智的人物。除此之外，上将把德普先生介绍给了每一位出席宴会的高级官员和国家领导，并且把他的打算告诉了他的副官。副官听后兴奋不已，觉得这是一个绝妙的主意。

"就这么办。"上将说。随后，他来到舞池边看了一眼。

克拉德亨老师正在舞池里，她在伦巴舞曲的伴奏下，与一位上校一同翩翩起舞。萝拉和艾贝尔挽着胳膊，在一对对舞伴之间蹦蹦跳跳。德普先生的胳膊环绕着帕斯科莉塔夫人的腰，和她一同跳起一支华尔兹。这可不容易，因为乐队所演奏的音乐明明是一曲伦巴。无论如何，大厅里洋溢着欢乐的气氛。仆人们送上巨大的水晶碟子，上面摆着水果味的冰激凌，外加奶油和烈酒。真是一场壮观、闪耀、令人心醉的宴会。屋外的露台上闪烁着成百上千束红蓝交织的灯光，鲜花散发出沁人心脾的香味，花园里的池塘在月光的笼罩下折射出蓝色的光芒。这是一场令人难以忘怀的宴会。

第二十三章

总统，当还是不当

"我跟你们说一件事，"德普先生说，"他们想要我当他们的总统。"

"什么总统？足球俱乐部的总统吗？"克拉德亨问。

"是这个国家的总统。"德普先生说，"当秘鲁戈纳的总统。"

"咳，你也不看看你的样子，乔塞亚斯，"克拉德亨说，"他们是在拿你寻开心呢。你也能当总统？哈哈。"

"这没什么好笑的。这是一件非常严肃的事情。"德普先生说，"我得留胡子了。"

说这些话的时候，他们四个正一同坐在露台的藤椅上。他们已经在上将和帕斯科莉塔夫人家做了一星期的客人了。这里可比白色监狱好多了。在这里，他们可以自由地来去，想去哪儿就去哪儿。他们已经逛遍了整座城市，就像在度假一样，感觉惬意极了。

艾贝尔每天都要到河里去抓鱼，而且还抓到了真正的鳟鱼；萝拉带着她的小兔子在公园里散步；克拉德亨教仆人们唱歌。这样的生活太美好了。对于他们而言，能够知道当初究竟是什么原因自己才被关进监狱，受到那样奇怪的待遇，自然也很重要。

德普先生每天都要去探望一名病人。他总是郑重其事地夹着他的公文包来回奔波。他的身上总是穿着同样的皮夹克，领口围着同一圈皮草，即使在这么炎热的国度也不例外，不过，这样的造型倒也给人留下了他很博学的印象，也帮助他获得了人民的信任。所有患了紫罗兰综合征的病人只要吃了他的顶级灭蛾球，就都能在一个小时之后痊愈，这样的治疗取得了全面的成功。因此，当德普先生被提名为总统候选人时，他获得了很高的呼声。人民都很支持他。

"你们告诉我，我该怎么做？"德普先生说。他半躺在他的藤椅上，用手帕擦了擦太阳穴，等着其他几人的回答。

"可是，那样的话我们就得永远住在这里了……"艾贝尔说，"当然了，这里的生活很惬意，可是……"

"我倒是很愿意永远住在这里。"萝拉说。她一跃而起，沿着池塘狭窄的边缘走起路来。阳光洒落在她的卷发上，她看上去是那样甜美。

"我反对。"克拉德亨老师说，"我还想回到普通人家去呢，回到一栋普普通通的房子里。我想要吃上普普通通的四季豆和烤土豆。至于你嘛……乔塞亚斯，你真的想要一辈子都留在这里当总统吗？那么你的妻子该怎么办呢？"

德普先生闷闷不乐地点了点头。这也是他心中一直盘问自己的问题。"是啊，我的妻子啊，"他说，"我总得回到她身边去的。"

"你们听我说，"艾贝尔说，"如果我们想要回家，或者继续遨游世界的话，我们总得先回到电梯里去，不是吗？难道你们宁愿坐船偷渡？"

"这一点毫无疑问。"克拉德亨说。

"那就好。"艾贝尔说，"电梯在政府大楼里，而政府大楼的大门紧锁着，谁也进不去。只有当新总统上任时，它的大门才会打开。如果德普先生成为总统了，那么他就会走进那栋大楼，坐进一间华美、宽敞的办公室。一旦他在那里执掌大权，我们就可以进去拜访他了。我们四个可以一同走进电梯，按下最上面的那个按钮，然后一走了之。可是这一切的前提就是德普先生得接受提名，成为总统。"

"你真是一个聪明绝顶的孩子。"德普先生说，"你总是能想到最好的办法。你们可以等我一下吗？我这就去告诉他们'我愿意'。"

可是，当德普先生说出了那句"我愿意"后，他们平静的生活就被彻底搅乱了。

人们为德普先生举行了就职典礼。他由一辆敞篷车载着，走过果瓜培帕培德尔的大街小巷，克拉德亨、萝拉和艾贝尔坐在另一辆汽车里，跟在他的后面。克拉德亨穿着漂亮的丝绸礼服，上面搭配着各种银制的配饰，因为总统夫人就应该打扮得漂漂亮亮的。这里所有的人都把她当成了德普先生的妻子。起初，她反感极了，可是如果要向所有人一一解释清楚又太费劲了，所以，她也就由着他们胡说了。萝拉和艾贝尔分别成了总统的女儿和儿子。这自然也不是真的，可是，这又有什么关系呢？反正他们是在一个陌生的国度里。艾贝尔依旧穿着他的红色制服，一副电梯工的打扮，可是谁也没有觉得

这有什么不妥当的，相反，他们倒是觉得这么穿很漂亮。

德普先生在政府大厦里庄严地完成了就职典礼，成为了新一任总统。他得到了一套白色的制服，制服上挂满了骑士勋章，可是他却把这些勋章一枚一枚地摘了下来，别到了自己那件皮夹克的翻领上，然后把这件皮夹克套在最外面。他的模样看上去显要而又高贵。就职典礼结束后，总统一家照例要到政府大楼的阳台上与大家见面。

成千上万的民众来到户外。他们把玫瑰和兰花抛到空中，挥舞着巨大的宽边帽，大声喊道："总统万岁！"他们高兴得眉欢眼笑。为期三天的大型庆祝活动开始了。城市的喷泉里涌出粉红色的水，每到夜晚，所有的大道上都在燃放烟花，城里办起了嘉年华，那里有打靶场，有旋转木马，还有杂技表演，整座城市都在尽情地庆祝。人们在户外跳舞，五颜六色的礼宾花和彩带漫天飞舞，政府大楼被笼罩在五彩缤纷的灯光之中。

"这个国家的人只会开枪和庆祝。"克拉德亨不屑地说，"我倒是很想快点离开这里。我可以向你们保证，这绝对不是一个体面的国家。"

就连萝拉和艾贝尔也有一些忍无可忍了。

这里除了噪声、音乐，就只有跳舞的人群。男人们留着小胡子，滔滔不绝地聊天，成天高举着双手……

"我真想回到米德兰姆去。"当艾贝尔和萝拉又一次坐上汽车在城里巡游时，艾贝尔看着欢呼雀跃的人群，小声地说道。

"我也是。"萝拉说，"或者说……米德兰姆……我倒是不想，我更愿意乘着电梯到别的地方去。"

"等德普先生坐在办公桌前执掌大权的时候，那就水到渠成了。"艾贝尔快乐地说道。说归说，他也没有忘记向人群挥手致意。

"你真的这么想?"萝拉一边说，一边温文尔雅地朝街上欢呼的人群点头、微笑。

"我的手腕抽筋了。"克拉德亨气呼呼地说，"我一点儿也不喜欢这种假装女王的做法。"可是，她依旧在挥手。当成千上万的男男女女冲着她欢呼时，她总不能在车上露出不满的表情吧? 她所能做的就是假装一切正常。"我真想快点到电梯里去。"克拉德亨也这么说。

第二十四章

苹果酒和政治

可是事情的发展大大出乎他们的意料。事实就是，德普先生当上总统后，感受到了发自内心深处的喜悦。如今，他身穿着白色的制服，外面披着他的皮夹克，皮夹克上挂满了骑士勋章，这么一来，他找到了当秘鲁戈纳总统的感觉。

为期三天的庆典结束后，他坐在政府大楼的办公室里，坐在巨大的办公桌前。他的面前摆着四部电话机，堆着各种文件。他的电话会不时地响起，有人用西班牙语在电话的另一头向他据理力争着什么。"系，系。"德普先生不停地说。"系"的意思就是"是"，这么说也就足够了。面前的文件上需要他的签字。这倒十分容易，他只要签上他的大名就万事大吉了。

当然了，他们并不住在政府大厦里，他们住在上一任总统住过的郊外别墅里。这栋房子比上将的别墅更漂亮。他们的仆人也比上将更多，一共有六十二个。他们的池塘比上将的更大，园林比上将的更茂盛，房子里一共有四十六个房间，他们每个人都有一个独立的客厅、独立的卧室和独立的浴室。

"真棒啊，"克拉德亨说，所有人都把她当成了总统夫人，"可是我在这里会迷路。我今天早上找了足足一个小时才找到餐厅。还是让我住到普通人家里去吧！"

不知不觉中，德普已经当了一个星期的总统。这天晚上，他们一同在洛可可式的餐厅里用晚餐。这时，艾贝尔又一次提到了电梯。

"要不我们明天去冒险试一试吧？"他问道，"德普先生，您觉得呢？我们三个明天去找您，您到楼下的大厅里来接我们，我们一起走进电梯，然后出发。"

"是啊，嗯，"德普先生一边说，一边用餐巾仔仔细细地擦了擦嘴，"是啊……嗯……"

"怎么样，乔塞亚斯？"克拉德亨说，"别这么犹豫不决的。我们也是时候该离开这里了。不管这个国家叫秘鲁戈纳还是戈纳秘鲁，反正我们已经在这里待够了！"

"我们必须离开这里了。"萝拉说,"山姆也已经受够了,是不是,山姆?"小兔子正坐在桌子上,啃着它最喜欢的胡萝卜。看上去,对它来说待在哪里倒是没什么区别。

这时,德普先生放下了手里的餐巾,说道:"朋友们。"其他人全都被吓了一跳。他的语气听上去严肃极了。"朋友们,"德普先生重复了一遍,"你们知道,我已经成为了这个国家的总统。我已经决定要留在这里了。我的职责就是尽自己最大的努力治理好这个国家,而我也将这样去做。我肩负着重大的责任,我不能丢下我的人民不管。如果你们决定丢下我,自己乘电梯离开这里,我也不会阻拦你们。你们明天就可以乘电梯离开,不过,我不会跟你们一起走。"说完,他站起身,回到了自己的卧室里。

"太过分了!"克拉德亨说。

"天哪,真是精彩的讲话啊。"萝拉对他刮目相看。

艾贝尔很快地恢复了理智。

"我们该怎么办?"他问,"我们真的要丢下德普先生,明天就乘电梯离开吗?"

其他人没有回答,他们陷入了深深的思考。

"是这样的……"萝拉说,"我觉得,我们不能丢下他,自己走。这个国家的人情绪反复无常,谁也不知道他们会不会永远这么友好地对待他……我觉得……"

"没错。"克拉德亨老师说,"你说得对,萝拉。在这个国家当总统是一件十分危险的事。你们还记得我们从电梯里出来的时候,那些人是用什么样的眼神看我们吗?他们还想把我们绞死呢。那时候,他们不是以为自己抓住了他们的总统吗?用不了多久,这里就又会爆发一场革命,到时候,德普先生就完蛋了。到了那会儿,我们正乘着电梯在某一朵云上飞翔,对他的事就只能爱莫能助了。不行,我们必须留下来陪他。"

"是的。"艾贝尔说,"你们说得对,完全正确。我原本没有想到这一点。"

德普先生依旧认为当总统是一件乐事。他觉得每过一天,自己都变得更加重要一点儿。似乎他的自尊和骄傲都在急剧地膨胀。唯一令他感到不满的就是他的小胡子长得不够快。他一连几个小时站在镜子跟前,往他嘴唇上方那几根象征性的红棕色胡须上涂抹乳霜。那里好不容易才长出了一些胡茬,不过,那根本就称不上胡子。除此之外,灭蛾球也快要用完了,这也为他增添了一些忧虑。每一天，他都能治好几名患了紫罗兰综合征的病人，可是这样的病人还有很多。更糟糕的是，每天都有更多的人感染这种疾病，因为人们还在不停地喝着苹果酒，所以用不了多久就又病倒了。

"这是完全不对的。"德普总统在心里想。他走在果瓜培帕培德尔的街道上，看着街边的露天咖啡厅。留着黑色小胡子的男人们正在那里一边喝着苹果酒，一边高谈阔论。不能再让他们喝苹果酒了，而且也不能再让他们谈论政治了，这一切毫无意义。他又想到："嗯，既然情况不能再这样下去了，那就必须采取一些措施。最简单的办法就是明令禁止。"他继续琢磨："那么应该由谁来禁止呢？咳，谁会比秘鲁戈纳的总统更合适呢？那么秘鲁戈纳的总统是谁呢？那就是我。"

他雄赳赳、气昂昂地沿着露天咖啡厅继续向前走，路过林荫大道上的小咖啡厅，秘鲁戈纳的百姓正坐在那里，恭敬地向他点头致意。

"权力就在我手里。"德普先生自言自语，"我是总统。我可以想禁止什么就禁止什么。我可以想准许什么就准许什么。从现在开始，我要禁止喝苹果酒和在露天咖啡厅闲聊！"

他大步流星地朝着政府大厦走去，拿起一张纸，唤来了他的翻译。他宣布了一条很长的法令，严格禁止在秘鲁戈纳范围内喝苹果酒和在露天咖啡厅闲聊。他让翻译把这些话翻成了西班牙语，用打字机把它记录下来。随后，他洋洋洒洒地签上了他的名字：秘鲁戈纳共和国总统——乔塞亚斯·德普。

他的这一举动引发了秘鲁戈纳全国上下的骚乱。

最早听说这则消息的人里就包括了上将。他简直怒不可遏。"太放肆了！"他喊道，"这是我所见过的最放肆的行为。是谁把这个家伙从一个陌生人提拔成一位总统的？除了我还能有谁？我是上将！他凭什么来管我们的事？他唯一要做的事情就是在我下的指令上签字！他根本就用不着颁布自己的法令。立刻送我去见他！"

上将来到德普总统的办公室里，坐在他的对面。他先用十分友好的语气同总统交谈。"您犯了一个很大的错误。"他说，"在这件事上，我不怪您，因为您不是这里的人。可是，也正是因为这样，您不能自己凭空想象，一意孤行。这里的人们已经习惯了喝苹果酒。这里的人们也已经习惯了在露天咖啡厅里谈论政治。我们就应当维持原样。您必须收回您所颁布的法令。立刻收回！"

可是德普先生是一个顽固的人。一旦他的脑子里有了主意，那么谁也别想阻止他。

"很抱歉。"他说，"喝苹果酒是这里的一个习俗，在露天咖啡厅里谈论政治也是这里的一个习俗，好吧，可是这些习俗是错误的，我们必须改掉人们的坏习惯。既然我是总统，那么我就要禁止这一切。我们的谈话到此为止。再见，上将。"

上将拿起自己的帽子和剑，离开了大楼。他恼怒极了，以至于一言不发。然而，最麻烦的就是他也没有办法阻止这一切。

的的确确，依照法律，德普先生才是总统。上将的手里没有任何权力。他回到家，冲着他的妻子帕斯科莉塔吼叫了整整三个小时。然而，他的妻子对此也无能为力。

第二十五章

胡安尼托

"啊——!"克拉德亨一边唱,一边来回挥动手中的音叉。

"啊……"歌唱班跟着她一起唱。

这一次,前来上课的不再是小孩子。他们是八个秘鲁戈纳的男人。这些男人全都戴着大帽子,留着一小簇黑胡子。他们几个刚好组成了双组男声四重唱。

"在沙丘雪白的尖顶上……"克拉德亨欢快地唱着。她每唱一句,男声合唱队便跟着她唱一句。他们甚至把歌词都熟记在心了,虽然带着古怪的西班牙语口音,可这已经非常不容易了。哦,这些肤色黝黑的男人太喜欢唱歌了,他们也十分感谢克拉德亨为他们上课!由总统夫人亲自上歌唱课是多么大的荣幸啊!是啊,对于这里的人们来说，克拉德亨就是德普总统的妻子。她成天穿着就职典礼那天穿过的那件漂亮的丝绸礼服，戴着各种银制的配饰。她负责管理有四十六个大厅和房间的别墅，她不得不给六十二个仆人下达指令，并随时监督，她还得决定每天该吃些什么。总而言之，克拉德亨的生活十分忙碌。不过，每天下午，果瓜培帕培德尔的双组男声四重唱都会来与她一同唱歌："在沙丘雪白的尖顶上……"当然了，他们还唱了许多《你想唱歌吗？那就一起来》专辑中其他的歌曲。他们的歌声非常美妙，克拉德亨深刻地感到自己为这个国家的文化做出了一些贡献。

艾贝尔和萝拉的生活倒是十分悠闲自在。他们在别墅后面的园林里玩耍，他们捕鱼、捉从没见过的甲壳虫、捕美丽的大蝴蝶，之后，再把它们放生。小河蜿蜒着穿过森林，他们沿着小河漫步。每当他们站在河堤上，目光跟随着河流向远方眺望时，艾贝尔就会想："我在米德兰姆的时候也总是喜欢站在小河边眺望远方的……那时候，我总是想要去远方流浪。如今，我流浪到了远方，这确实很棒，可是我也很想回家看看妈妈。她现在在想什么？她是不是以为我已经死了？"就这样，艾贝尔在遥远、温暖、五彩缤纷的秘鲁戈纳陷入了深深的思索，只是，每到这时，萝拉就会找到一朵鲜艳欲滴、光彩夺目的花，或者一块五彩斑斓的石头……咳，那里有那么多等待他们去发掘的东西，有那么多可以观赏的东西，很快，艾贝尔就把妈妈抛到了脑后。

有时候，他们穿越在果瓜培帕培德尔的大街小巷，不放过任何一个与同龄孩子侃侃而谈的机会。萝拉随时随地都带着她亲爱的兔子山姆。有一天早晨，他们起了个大早，漫步在城市的街道中，却不小心走散了。艾贝尔和几个男孩一起玩耍起来，萝拉和山姆一同来到一栋破破烂烂、肮脏不堪的大房子跟前，在门口的台阶上坐了下来。显然，这栋房子是一家面包房。她闻到了烤面包的味道。萝拉把山姆抱在自己的腿上，神情恍惚地盯着面前的房子。突然，面包房的一名小学徒从房子里走出来，到她身旁的台阶上站住不动了。萝拉抬起头看了看。他真的是面包房的小学徒吗？真该死，原来是艾贝尔！艾贝尔的身上围着白色的围裙，头上还戴着一顶高高的帽子。

"你怎么突然换了一身装扮？"萝拉惊讶地问道。男孩满脸疑惑地看着她。

"艾贝尔!"萝拉喊了起来。

他打了一个手势,意思是"我听不懂你说的话。"这下,萝拉才明白过来,原来他并不是艾贝尔,他只是一个长得像极了艾贝尔的男孩。

她站起身,放开嗓门,冲着街角处大吼一声:"艾贝尔!"没错,真正的艾贝尔跑了过来。他的身上穿着的依旧是那套他每天都穿在身上的电梯装。

"你看看啊,"萝拉说,"他和你简直是一个模子里刻出来的!你看看啊!"她一边说,一边用手指着站在台阶上的面包房学徒。

两个男孩目瞪口呆地对视着。他们看上去简直长得一模一样。

"你们就像是兄弟俩。"萝拉嚷嚷道,"你们简直就是双胞胎!"

他们试着与小面包师攀谈。这些日子以来,他们也渐渐地学了一些西班牙语,因此对话进行得还算顺畅。

这个男孩告诉他们,他的名字叫胡安尼托,还告诉他们,自己的生活十分艰难。他每天都要起早贪黑地在面包房里干活,而这个国家原本就已经非常炎热了。从前……是啊,从前……那时候,他的生活无忧无虑;那时候，他还只是一个印第安人；那时候，他的名字叫小白鹰……那时候，他的生活比现在惬意多了！

"那时候，你是一个印第安人？"萝拉问，"可是你长得一点儿也不像印第安人啊！"

"我是由印第安人抚养长大的，在一个印第安村庄里。那样的村庄在这个国家有不少。它们都是些名副其实的印第安村庄。他们总是告诉我，在我四岁左右的时候，我被印第安人带到了这里。反正我从小就是这么听说的，至于他们说的是不是真的，我就不知道了。我只知道我的印第安养父和养母对我非常好。可是他们去世了。"他伤心地继续讲道，"从那个时候开始，我就不得不自己赚钱养活自己了。我来到了城里，也就是这儿，就是果瓜培帕培德尔，来到了这家面包房，只不过，我赚的钱少得可怜。"

故事听到这里，艾贝尔瞪大了双眼，眼神中充满了讶异。当面前这个名叫胡安尼托的男孩讲到把自己抓走的印第安人和把自己抚养长大的印第安人时，艾贝尔的脑海中出现了纽约那间华丽的大房子——考蛤·史密特太太的房子。他似乎看见自己站在那里，许多客人围绕着他，他们盯着他看，他们拥抱了他。那时候，他没能

听懂整件事情的来龙去脉，可是他大致明白了发生的事情：他们把他当成了自己的儿子，那个儿子大约四岁时被印第安人抓走了……面前的这个男孩长得和他十分相像，有着同样的黄头发和蓝眼睛……不用说，这个男孩就是考蛤·史密特太太的儿子。

他觉得这一切简直美好得不切实际，因此并没敢立刻就把自己所知道的事情告诉这个男孩。不过，他却邀请了胡安尼托跟他一起回家，到他们漂亮的郊外别墅去。

"我不能去。"胡安尼托说，"我必须工作。不过我可以今天下午再去。"

到了下午，这个金发碧眼的印第安男孩来到艾贝尔的家里。克拉德亨老师热情地接待了他，还给了他各种各样好吃的东西。

艾贝尔和胡安尼托成为了好哥儿们。只要胡安尼托有空，他就会带着艾贝尔到小河边去。他教会了艾贝尔许多许多东西。他教艾贝尔说各种树木和花朵的名字，还告诉艾贝尔小鸟的不同习性。他教会了艾贝尔如何跟踪和如何生火。他总会在篝火的周围砌一圈石头，这样，火就不会熄灭。他带着艾贝尔一起悄悄地潜入森林，带艾贝尔见识真正的浣熊，还告诉艾贝尔什么样的蛇是危险的，什么样的蛇是安全的。

艾贝尔把自己在纽约的见闻告诉了他。"你百分之一百就是他们家弄丢了的约翰尼!"艾贝尔说，"百分之一百!"

胡安尼托却满腹狐疑。"可是我怎么才能知道事情到底是不是这样的呢?"他问。

"我们可以写信。"艾贝尔说，"亲手写一封信，寄到纽约去。你会说英语吗?"

"不会。"胡安尼托说，"我只会说西班牙语。"

"那我们就让人把这封信翻译出来。"艾贝尔说，"我们的家里有一个专门为我们翻译东西的人，他什么都会翻译。"

他们给考蛤·史密特太太写了一封长长的信，里面讲述了事情的来龙去脉。

"好好想想，"艾贝尔说，"她一定会很想亲吻你的。"

"可是，如果她是我亲生母亲的话，"胡安尼托说，"那我就不介意了。"

"可是她的女性朋友们也会亲吻你。"艾贝尔说，"而且你还得穿上一身黑天鹅绒的西服。"

"我不愿意。"胡安尼托说,"我要穿着我的印第安装。"

"你有吗?"

"我一直保存着,我明天把它带来。我还有几根用来插在头上的羽毛,打算送给你。"第二天早晨,这两个男孩打扮成印第安人的模样,一同穿越森林。艾贝尔和他的朋友一样,头上插着几根耀眼的羽毛,长长的羽毛耷拉下来,一直拖到他的背后。这跟他的电梯制服不太协调,不过除此之外,一切都很美好。

第二十六章

秘鲁戈纳发生动乱了

　　这座城市里的每一个人都听说了他们再也不能喝苹果酒，并且再也不能到露天咖啡厅里去谈论政治了。

　　他们大吃一惊、失望至极、愤愤不平、暴跳如雷。再也不能喝苹果酒了！再也不能去露天咖啡厅了！即使去了露天咖啡厅也得闭嘴了！这简直闻所未闻！这实在令人气恼！这实在罪无可恕！什么样的总统才会颁布这样可耻的法令来？他可真是一个野蛮人啊！更糟糕的是：他们没法相互倾诉和谈论，因为他们再也不能到露天咖啡厅去谈论政治了！所有人都只能把苦水往肚子里咽，这更加加重了人们的反感程度。怨言和不情愿的情绪在果瓜培帕培德尔全城蔓延。所有留着黑色小胡子的男人曾经是那么欢天喜地、兴高采烈地穿越大街小巷，走进露天咖啡厅，可是如今，他们只能待在家里，与他们的妻子吵架，并且在内心深处咒骂他们的总统。

德普先生对此没有一丝一毫的察觉。他很为自己的胜利感到骄傲。他走在城里的大街小巷，并且让身穿制服的司机开着他那辆漂亮而又昂贵的绿色汽车，跟在他身后缓缓前行。

他如同一只雄鸡一般，走过各处。他看了看露天的咖啡厅。那里空空如也，一个人都没有。那里当然不会有人，想想吧，如果连苹果酒都不能喝了，连政治都不允许谈论了，那还要去咖啡厅干什么？

只有咖啡厅的老板倚靠在露台的扶手边，怒气冲冲地看着总统得意扬扬地从眼前走过。

"这下你满意了吧，"他怒气冲冲地朝德普先生喊道，"咖啡厅里连个鬼影子都没有！"

可是德普先生沉浸在自己的想法中，满脑子思考的都是这片国土的繁荣昌盛，以至于他连这句话都没有听见。他把自己看作这个国家的救世主，他知道自己肩负着使命，任何东西都无法阻止他。

克拉德亨老师是第一个意识到事态不对的人。一天下午，双组男声四重唱又来了。"我们今天不能唱歌。"

他们说。

"你们不能唱歌？"克拉德亨惊讶地问。"您的丈夫，也就是我们的总统，做了一些十分愚蠢的事情。"男声合唱团说。

"我的丈夫？"克拉德亨惊讶地问。哦，对了，她突然明白了，这里的人全都以为德普先生是她的丈夫。"哦，对了，"她说，"那么他究竟做了什么呢？"

"他禁止人们喝苹果酒，还不许我们到露天咖啡厅去。"双组男声四重唱闷闷不乐地说，八撇小胡子全都伤心地垂了下来，看上去一副可怜巴巴的模样。

"一定会爆发革命的。"他们其中一人说道。

"是啊，"另一个接过他的话茬，"一定会爆发革命的。它已经蓄势待发。这样的状况持续不了多久了。"

"可是我们会永远忠于您。"第三个人说。突然，其他人全都亢奋地喊了起来："是的，我们会永远忠于您，夫人！您是我们的朋友！在您需要我们的时候，我们一定会在您的身边！"

克拉德亨感动地握了这八个人的手。"我很感谢你们。"她说，"我今天会和你们一同唱一首伤感的歌曲：'小羊羔，你孤独地咩咩咩……'这首歌的旋律是悲伤的，正好符合你们的心境。"

双组男声四重唱点点头，不一会儿，无穷无尽的悲凉和伤感在碧绿的园林粒回荡："小羊羔，你孤独地咩咩咩……"

等他们离开后，克拉德亨把艾贝尔叫到身边。"我需要跟你商量一些事情。"她说。

她把双组男声四重唱说的话告诉了艾贝尔。她说到他们的情绪非常不好，也说到人们全都满怀怒火，很快就会爆发革命。

"我们把这些话告诉德普先生吧。"艾贝尔说。当天晚上，德普先生回家后，克拉德亨便把这些话告诉了他。

可是他却狂笑起来，骄傲地捋了捋红色的小胡子，说道："全都是胡说八道。树大招风！当总统后我就料到会这样了！一旦不能喝苹果酒了，人们当然会生气。可是，你们等着瞧吧，以后他们会感激我的！总有一天，他们会再度朝我欢呼！"

"你们听见了，"克拉德亨看着德普先生扬扬得意、昂首挺胸地离开，随后对萝拉和艾贝尔说，"你们听见了！他骄傲得就像一只孔雀。他真的把自己当总统了。

而且，他还认为自己是一名称职的总统呢！"

萝拉和艾贝尔肩并肩坐在草坪上。"我们该怎么办呢？"萝拉问，"我也发现了，人们真的非常生气。他们举着横幅在城市里游行，横幅上写着：赶走总统。你看见了吗？"

"是的，"艾贝尔说，"我看见了。"

"而且每当他们从政府大厦门前走过时，他们总会紧紧地攥着拳头，"萝拉说，"这个你也看见了吗？"

"是的。"艾贝尔说，"最糟糕的就是，这一切都是上将煽动的！"

"你说的是真的吗？"萝拉说，"可是就是上将把德普先生请到家里去的呀！他还在他的脸颊上亲吻，把他称作'我的救命恩人'呢！"

"是啊，"艾贝尔说，"可是，如今一切都完了。"他叹了一口气。

萝拉也叹了一口气。

"电梯还在吗？它还在政府大楼里吗？"她问。

"在。"艾贝尔说，"它还在那儿。我不久前还去看过。"

"如果真的爆发革命的话，我们就赶紧钻进去。"萝拉说，"然后飞走。"

"我希望我们会有足够的时间。"艾贝尔说。这时，胡安尼托走了进来，脸上绽放着光彩。"怎么了？"艾贝尔喊道，"你是不是带来了什么消息？"

"我收到了一封信，"胡安尼托说，"是从纽约寄来的信。他们已经为我翻译过了！考蛤·史密特先生和太太会到这里来。他们要坐飞机过来，而且越快越好！他们要来看看我到底是不是他们的儿子，如果是的话，他们就会带我一起去纽约。"

"别忘了，到了那儿，你就得穿着黑天鹅绒的西服。"艾贝尔说。

"无所谓。"胡安尼托说，"无论什么都比面包房里的围裙强。"

第二十七章

炸开锅

时间过去了几天。这天早晨，大约十点，克拉德亨老师站在自己卧室的窗户跟前眺望着外面。德普先生早就乘着他的汽车去政府大厦了。萝拉和艾贝尔坐在楼下的草坪上。

"快看哪，"克拉德亨喊道，"快看哪！"他们两个一同抬起头，发现园林的篱笆外面聚集了许多人。那些人举着巨大的横幅，愤怒而又疯狂。他们大喊大叫，把鸡蛋和西红柿丢到篱笆的这一头。

"完蛋了。"克拉德亨喊道，"我们必须马上逃走。赶快，赶快。"

她拎着巨大的购物袋，穿着丝绸长裙，戴着银配饰，从楼梯上冲了下来。艾贝尔和萝拉分别往自己的旅行袋里塞了一些东西，然后，他们从后门逃走，朝着市中心的方向跑去。

"到政府大厦去……"克拉德亨老师喘着粗气说，"我很想知道德普先生是不是已经被他们抓起来了。看看那些人啊！他们的愤怒程度不亚于我们刚到这个国家时所看到的景象。看看那些留着黑色小胡子、戴着大宽边帽的男人，他们正在摇摆他们的胳膊，挥舞他们的拳头！"

克拉德亨、艾贝尔和萝拉好不容易才从人群中挤出一条路来。周围人潮涌动，混乱一片，也幸亏如此，他们才没有被人认出来。

政府大楼的跟前站着成千上万的民众，他们狂热地尖叫、呼喊。"把总统赶走！"他们喊道。

"瞧见了吧，"克拉德亨说，"跟我们当初来到这里的时候一模一样。只不过，那时候的总统是另外一个人。现在却轮到了我们自己！我们必须从后门溜进去。"

他们悄悄地从大楼的后面溜了进去。他们沿着楼梯往上走，来到了德普先生的办公室。他们推开门，发现他正坐在自己的办公桌前，桌子上摆着四部偌大的电话机，假装一切都很正常。

"你们到这儿来做什么？"他问，"难道你们进总统办公室之前不知道要先敲敲门吗？"

"我们必须离开这里！"艾贝尔上气不接下气地说，"他们想要把我们抓起来。革命爆发了！"

"胡说八道。"德普先生低声咆哮道，"这些人只不过有点过激而已，这个国家的人向来如此。可是，他们是绝对不会把我抓起来的。"

他的话音还没落，外面就传来人群涌进走廊的声音。一大群留着黑色小胡子的男人怒气冲冲地径直闯进屋来，说他们横冲直撞真是一点儿也不过分。"叛徒！"他们大声地喊着，"无赖！"

德普先生站起身来。他的脸色唰一下变得煞白。"什……什……什么意思？"他问。

"意思就是要革命了。"克拉德亨说，"我们快点到电梯里去吧，快点，快点！"

可是已经太晚了。愤怒、黝黑的男人们简直数不胜数。他们朝着德普总统的办公桌扑来。有些扑到了办公桌上，有些甚至扑到了办公桌的这一边。他们牢牢地抓住了德普先生。

"救命啊！救命啊！"他大声地呼救。

萝拉和克拉德亨试图去救他。"你们给我走开！"克拉德亨龇牙咧嘴地叫嚷，可是一点儿用也没有。男人们手里拿着一根又长又粗的绳子。他们用这根绳子把德普先生、克拉德亨老师和萝拉三个人紧紧地绑在一起，令他们动弹不得，就连想动动小手指头都成了异想天开的事。

"把总统赶走！"他们大声地喊道。随后，他们冲到窗口，把半个身子扑到外面，欢呼着告诉外面的人群，总统已经被他们抓住了。

那么艾贝尔呢？克拉德亨被绑得结结实实的，连一

个手指头都动不了，可是她的眼睛还能动。她恰好目睹了艾贝尔是如何像一条泥鳅一般，钻过怒气冲冲的人群，溜到门外。

克拉德亨想："他逃跑了。他要是能够逃到电梯里，至少还能独自逃离这里。我们已经彻底完蛋了。他们一定会把我们送去枪毙或者绞死，即使不是那样，也会把我们关进白色的监狱里。

"把总统送下来！"外面的人群呼喊着。

"他已经被我们抓住了！他已经被我们逮捕了！"男人们站在窗口喊道。

"把他送到下面来！"

"这可做不到，他被绑住了！他和他的妻子、女儿全都被绑在了一起。"男人们站在窗口喊。

德普先生惊恐极了。相比跟他绑在一起的克拉德亨和萝拉而言，他显得更加惊恐。他们三个的嘴全都被捂得严严实实的，连一声都叫不出来，想要挣脱绳索就更是痴心妄想了。

这时，外面传来了新一轮的欢呼声。上将来了。他就像一位英雄一样骑着高头大马，来到外面的人群之中张望着。"总统被抓住了吗？"他问。

"是的！他被抓住了，上将！"人群欢呼道。"把他带下来吧。"上将说。

"这可做不到，上将，"人们回答说，"他们把他和他的妻子、女儿一起绑在了楼上的办公室里，这一大团，实在没法给送到楼下来。"

"我亲自上去看看。"上将说。他一跃而下，朝着楼上走去。当上将穿过人群时，人们恭恭敬敬地退让到两旁，让他亲自把伪总统弄下来。

第二十八章

艾贝尔带来了救兵

趁着这会儿工夫，艾贝尔早已逃得无影无踪。他个子小、身手灵巧，况且所有的人都处于狂躁之中，根本不会有人注意到他。他轻而易举地从人群中钻了出去，一眨眼的工夫就逃到了外面的街道上。他看见了外面愤怒的人群，他们怒气冲冲地喊叫着，想要抓住总统。他心里想到："哦，我要是知道有谁会站在我们这边就好了！要是我能认识一个愿意帮助我们的就好了。"可是他唯一能够想到的人就是胡安尼托。他跑到面包房所在的街道上。胡安尼托会在那里吗？也许艾贝尔的想法十分愚蠢——如果整个国家都在闹革命，那么一个普普通通的面包房小学徒当然也就不会工作了。

面包房所在的街道离政府大厦并不远，然而这条街道上却死气沉沉。那里一个人也没有，所有的人都去参加游行了。

"胡安尼托！"艾贝尔大声地呼唤。他推开面包房的门，走进店里。猜猜他看见了什么？胡安尼托被一位穿着鸵鸟毛披肩的女士紧紧地抱在怀里，一位先生站在他们的身旁！是考蛤·史密特太太！还有考蛤·史密特先生！他们来了，他们来接胡安尼托了。

可是艾贝尔没有时间傻傻地看着他们。他用尽力气大喊道："救命啊！救命啊！"

面前这三个人的重聚被无情地扰乱了，他们转过身，看见了艾贝尔绝望的脸和狂乱挥舞的手臂。

他们一刻也没有犹豫，跟着他一同跑了出来。他们明白，他一定是遇到了很大的困难。艾贝尔跑在最前面，另外三个人跟在他的身后一路小跑，考蛤·史密特太太的怀里抱着一条京巴狗，考蛤·史密特先生抱着两条京巴狗，胡安尼托则在他们两个的中间。

"救命啊！救命啊！"艾贝尔又喊了起来。如今看来，他在果瓜培帕培德尔还有不少朋友。经常和他一起玩耍的男孩们和经常关照他的男孩们也加入了他们的队伍。突然，八个男人从一条小巷子里冲了出来。这八个男人全都留着小胡子。他们正是双组男声四重唱。他们曾经郑重其事地保证会永远忠于克拉德亨，如今，他们也要帮忙。

艾贝尔召集了一支小队伍，慢慢地鼓起了信心。他想：现在，唯一要做的事情就是从人群中挤过去。一旦到了楼里，他就会奋力抗争，反正他找来了足够的帮手。

于是，以艾贝尔为首的队伍推开人群，努力地向政府大楼挺进。艾贝尔像一个野蛮人似的打斗，胡安尼托和他并肩战斗，其他男孩像兽性大发一般张嘴去咬周围的人群，用手肘尖用力撞击，同时还不断地咆哮、吼叫……最后，就连双组男声四重唱也推搡了起来，弄得周围的人简直不知所措。可是，考蛤·史密特太太才是这些人中的生力军。满身鸵鸟毛的她显得尤为引人注目，她的样子看上去高贵典雅，以至于所有人都为她让出一条道来。而她的丈夫，也就是考蛤·史密特先生，则平静而又庄重地跟在她的身后，向前迈着大步，一副走在林荫大道上的模样，似乎革命与他毫不相干。

与此同时，上将已经来到了楼上，他要亲自视察被逮捕的犯人。

"哟哟哟，啧啧啧，"他向浑身被绑的德普先生挑衅道，"这就是我们的大总统啊！你不是想禁止苹果酒吗？你不是想禁止露天咖啡厅吗？我们这就要给你点厉害瞧瞧。"

"把犯人带到下面去。"他命令站在身旁的男人们，就是他们把这三个人绑作一团的。

"那样的话，我们就得先把绳子松开。"那些男人口齿不清地说道，"这么一大堆实在太沉了，我们抬不下去。"

"我们不是有电梯嘛！"上将咆哮道，"把他们装进电梯里。"

可怜的德普先生和克拉德亨以及萝拉一起被连推带滚地塞进了电梯。他们终于回到了属于他们自己的、令他们日思夜想的电梯里。可是他们却没有办法伸出手指摁下最上面的那个按钮。哦，不，电梯在往下降。上将要亲自带他们下楼。他按下了标着"底层"的按钮，电梯便听话地降了下去，停在了底层。

上将用夸张的动作打开电梯的门，以胜利者的姿态站立着，向外面的人群展示他的战利品。

可是楼下的大厅里却吵翻了天。叛乱的人群发出喧嚣声："把总统赶走！"而一支异样的队伍却在这样的喧闹声中闯入了大厅。走在最前面的是一个穿着红色制服的男孩，他的脸上写着绝望和愤怒。他的身后跟着一个和他长得一模一样的男孩，只不过，他的身上围着一条围裙，头上还戴着一顶厨师帽。他们的身后跟着一大群年龄各异的男孩、八个留着黑色小胡子的男人、一位被鸵鸟毛簇拥着的衣着高贵的女士，最后还有一位膀大腰圆的男人。他们全都直奔电梯门而去，尽管他们受到了人群的阻挠，可是还是突破了重围！

当艾贝尔看见电梯，看见敞开的电梯门，看见里面被五花大绑的几个人时，他就变得势不可挡。他禁不住仰天长啸，挣脱了所有想要拦住他的男人，蹦到电梯里，猛地关上电梯的门，用力按下了最上面的那个按钮。

电梯加足马力向上升去，急速地穿过一楼、二楼、三楼、四楼……它发出了轻微的爆裂声和冲撞声……它如同羽毛一般飘逸而又轻巧地冲破钢筋混凝土的房子，直冲云霄。

"总算……"艾贝尔喃喃地说道，"得救了……我们得救了。"就在这时，他发现上将也站在电梯里。

这个可怜的男人惊得目瞪口呆，一个字也说不出来。他的嘴巴张得大大的，那副模样就像被施了魔咒一般。

艾贝尔镇定自若地从口袋里掏出随身携带的小刀，割开绑在另外几人身上的绳子。"总算得救了。"当德普先生的嘴被松开时，他也这么说。可是克拉德亨却突然哭了起来……"刚才太可怕了！"她说，"这个男人在我们的电梯里做什么？"

"哦，艾贝尔，你真能干。"萝拉钦佩地说道，"是啊，上将在我们的电梯里做什么？"

"是啊，你们自己想想，"艾贝尔说，"我根本就来不及把他轰出去啊！"

他们全都围到玻璃门前，想要看看下面的状况。

这可真是一幅不可思议的景象。在遥远的下方，正是果瓜培帕培德尔城。不计其数的人聚集在政府大楼的外面，仰望着天空。艾贝尔他们清清楚楚地看见了一个小圆点，那就是考蛤·史密特太太的鸵鸟毛。

眼看着脚下的城市变得越来越小，艾贝尔在心里想："太疯狂了，太疯狂了，这已经是考蛤·史密特先生和考蛤·史密特太太第二次看着我们坐上电梯飞走了。"

上将就像被钉子被钉住了一般，站着一动不动。他看上去异常惊奇和惊恐，以至于他连一点儿声音都发不出来了。他瞪大了惶恐的眼睛，看着艾贝尔，就好像看见幽灵一般。

"听我说，"克拉德亨说，"尽管我们已经得救了，可是只要这个上将还在，我就无法得到安宁。"

"我们必须把他摆脱掉。"德普先生说，"就是他出卖了我。我早就知道了，他才是这场叛乱的煽动者。"

"听我说，乔塞亚斯，"克拉德亨说，"你是自作自受。我们已经警告过你很多次了。"

萝拉坐在电梯的板凳上，抚摸着她的山姆。它也被硬邦邦的绳子绑了很久，简直透不过气来。"小乖乖……"她细声细气地说，"我们重新获得了自由！"

"你在做什么，艾贝尔？"德普先生扬起眉毛问道，"你到底在干什么？"

"等一下。"艾贝尔说。他看上去十分冷漠，就好像什么事情都没有发生过似的。可是，他的手指却按了最下面的那颗按钮，也就是标着"底层"的那个按钮。他们又落了下去。

"咳，你这个孩子啊，你怎么能这么做呢……"克拉德亨埋怨道。

"说不定我们又会落到叛乱分子的手里。"

可事实并非如此。艾贝尔推算得很精确，他们落到了距离果瓜培帕培德尔外几公里的地方，那个地方恰好在一座小山的山脚下，紧挨着蜿蜒曲折的河流。电梯稳稳当当地着陆了。

艾贝尔一言不发地打开了电梯的门，抓住上将的胳膊，把他推了出去。随后，他关上门，友好地挥了挥手，重新按下了最上面的按钮。

上将坐在草地上，眼睛瞪得溜圆，眼睁睁地看着电梯在他眼皮子底下再次腾空升起。

"哈哈，"德普先生大笑起来，"哈哈，太好了！再好不过了！"他毫无顾忌地大笑起来，直到眼泪滑过他的脸颊。

"好了，"艾贝尔松了一口气，"现在，我们终于安全了！上将可以慢慢地走回家去了。这也是他罪有应得。"

经过这些紧张和恐惧，他们全都精疲力尽，四个人一同坐在小板凳上。"我一会儿为你们每个人冲一杯美味的咖啡。"萝拉说。

第二十九章

太平洋

电梯里的气氛十分融洽。咖啡散发着香味，他们全都被长时间的恐惧折磨得疲惫不堪，如今，他们感觉自己就像回到了家里一般。

只有德普先生是一个例外。刚才，就在上将被赶出电梯的时候，他还大笑不止，现在，他却变得十分忧郁，他的目光越过面前的咖啡杯，若有所思地盯着远方。

"怎么了，乔塞亚斯？"克拉德亨问道，"这是怎么回事？你流泪了？"

"呜呜呜——"德普先生抽泣起来。眼泪滑过他的脸颊，他再也忍不住了，大哭不止。

萝拉和克拉德亨努力地想要安慰他。"我……我……

我太愚蠢了……"德普先生抽泣道,"我当上了总统,却成了总统中的败类……呜呜呜!"

"你当然是总统中的败类。"克拉德亨老师说,"可是这一切不是全都过去了吗?你已经不是总统了。这样也挺好的,所有人都应该做自己擅长做的事情。你是属于灭蛾公司的,那就不应该坐上总统这把交椅。最糟糕的事情是,你被冲昏了头脑,你太骄傲自满了,乔塞亚斯。你骄傲得就像一只大公鸡。给,拿一个面包吧。把你的眼泪擦干。"

"你们怎么还会有工夫准备面包?"德普先生用颤抖的嗓音问道。

"我们带上了行李袋。"萝拉自豪地说,"就连被五花大绑的时候,我们也没有丢下这些行李袋。那里面什么都有。再说,我们还有从纽约带来的储备品呢。所有的东西都被整整齐齐地放在下面的小柜子里。有了这些,我们想要过上一个星期绝对不在话下。"

"我们什么时候降落呢?"艾贝尔问。

"你给我听好了,"克拉德亨说,"你居然又想要降落了!记住了,你绝对不许按那个按钮,淘气鬼!我可不想这么快就回到下面去。这里安安静静的,真舒服。我觉得，像我们这种方式的旅行，最大的缺点就是永远不知道会遇见什么样的事情。这可真是一场惊喜之旅。不过，如果由我自己决定的话，我还是宁愿买一张去鹿特丹的往返票。"

艾贝尔笑了。是的，她说得没错，他的确很想下去看看。每当他按下那个按钮，等待未知的未来时，他都会感受到探险带给他的无穷乐趣。

说不定他们现在降落会碰见食人族呢。他们到底在朝什么方向飞呢？是南方吗？不是，其实更偏西南方。

"你在做什么，克拉德亨？"他问。

克拉德亨从巨大的旅行袋里掏出了一块纱帘，现在正忙着把它挂到玻璃门上。

"瞧瞧，"她说，"这里终于有了一个客厅该有的样子。这一天我已经期盼了很久。这块纱帘还是我们从白色监狱里带出来的呢。我们把它挂到窗外去的时候，它被扯坏了一丁点。不过，这一点儿也看不出来。这样不好吗？"

"好极了。"萝拉说。她脑袋朝下倒立着，山姆则站在她的脚心上。

德普先生已经擦干眼泪，恢复了平常的模样。可是，一眼就能看出，他还是有些羞愧。如今，他也意识到了，自己的的确确是没头没脑地当了一回总统。

太阳落了下去，天色很快暗了下来。"我们睡觉吧。"克拉德亨说，"这一回，我们要睡到日上三竿再起来。我们的毯子还在这儿呢。这块格子毯子留着挂到门上去，当作幔帷。"

他们四个全都心满意足地钻到了毯子底下。山姆紧挨着萝拉。艾贝尔蜷起身子，把自己缩成了一只小刺猬。他早就筋疲力尽，想睡觉了。这一点儿也不稀奇，因为今天一大清早他们就受到了革命者们喧嚣声的骚扰，而这一整天又发生了那么多的事情。"好漫长的一天啊，好漫长的一天啊。"艾贝尔嘟囔着。入睡前，他看见德普先生的皮夹克上依旧挂着许多骑士勋章。德普先生还没把它们摘下来。

当他们醒来的时候，阳光从窗帘的缝隙中照射进来。不用说，时间已经不早了。

"我们正在大海上。"艾贝尔说，"这里一定就是太平洋了，因为我们正在朝西面飞。"

"这可不太好。"德普先生一边说，一边迷迷糊糊地把脑袋从毯子下面伸了出来，"太平洋……天哪，那片海大极了，根本没有尽头。"

"没关系。"克拉德亨说，"反正时间都由我们自己支配。况且，萝拉说了，我们带的食物够吃一个星期呢。是不是，萝拉？"

"嗯嗯嗯。"萝拉喃喃自语。她还没睡醒，只有山姆欢天喜地地在地板上蹦来蹦去。他们四个一起动手，把电梯整理了一番，随后，尽情享用了一顿丰富的早餐，有面包，有菠萝，还有咖啡。他们一边吃，一边喋喋不休地谈论起在秘鲁戈纳的奇遇。

"如今，上将一定已经成为总统了。"萝拉说。

德普先生被气得满脸紫红。"那也是由我所赐。"他大声地喊了起来，"他是一个可恶的家伙。我治好了他的紫罗兰综合征，可他却出卖了我。"

"哟哟哟，"克拉德亨说道，"治好了他的紫罗兰综合征……别吹牛了，乔塞亚斯！他只是碰巧得到了一个你给的顶级灭蛾球，碰巧那个球治好了他的疾病。"

"嗯……"德普先生哼哼了一声，喝下一口咖啡。

"不过，还是有一桩值得高兴的事情。"艾贝尔说，"约翰尼回到了他父母的身边。"

"约翰尼是谁？"德普先生问。

"哦，就是胡安尼托。"艾贝尔说，"我们乘着电梯在天上飞翔，也算是没白耽误工夫。要不是我们去了纽约和秘鲁戈纳，他们就会永远失散了。"

"说得没错！说得没错！"另外三个人满怀安慰地喊了起来。这下，他们全都觉得自己做了一桩好事。

"不过，至于他会不会过得高兴嘛……"艾贝尔的思绪飘到了远方，"我很确定，考蛤·史密特太太会给她所有的朋友打电话，她会准备一池子洗澡水和一张床，预订一场晚宴，办一个大型的派对。所有客人都会亲吻约翰尼。约翰尼还得穿上一身黑天鹅绒西服，配上白色的领子……"

"反正不是你。"克拉德亨说。这一整天的时间，他们都在大海的上空飞翔。他们连一艘船也没有见到，远方偶尔有飞机飞过，可是目光所到之处都看不见陆地的影子。

"没关系。"萝拉说，"能安安静静地休息几天也挺好的。"这样的情形持续了一整天，直到第二天，他们终于在地平线的尽头看见一抹浅灰，那就是陆地。

第三十章

他们又着陆了

他们四个欣喜若狂，一同挤在玻璃门跟前张望。

"我什么也看不见。"萝拉抱怨道，"纱帘把我的视线挡住了。"

"把它推开一点儿，"克拉德亨说，"小心一点儿，这样……"

"那里会是什么地方？"德普先生问道，"是非洲吗？"

"才不是呢。"艾贝尔说，"非洲在完全相反的方向！我们一直都在往西飞，飞越了半个地球。我猜，这里应该是澳大利亚一类的地方。哦，不对，澳大利亚的右边是什么来着？新西兰，对吧？"

"新西兰。"德普先生说，"咳，我有一个熟人，就住在那里。他叫杨森！移民到新西兰的荷兰人那么多，说不定我们还能见到更多认识的人呢。"

"听我说，"克拉德亨说，"我听出来了，你们已经打算要在这里着陆了。可是，我绝对不想再降落到一个革命的中心去了。这一点你们别忘了！"

"新西兰从来都没有闹过革命。"艾贝尔说。

"这只是说说而已，"克拉德亨说，"我总是觉得，我们一旦降落了，就会恰好撞上些不平常的事。"

"是啊，不过，"萝拉说，"我们总得着陆的吧？"

"我有办法了，"艾贝尔一边说，一边上蹿下跳，"我有一个很好的办法。我们先好好观察一下，然后再决定要不要降落。"

"什么？你到底什么意思？什么叫'好好观察一下'？"

"嗯，"艾贝尔解释道，"你们看，一直以来，只要我们想降落，就会按'底层'那个按钮。我们还从来没有试过'一楼''二楼'和'三楼'那几个按钮呢。当然了，如果按了'一楼'那个按钮，电梯就会停在距离地面六米左右的高度上。"

"咳咳，喊喊，"德普先生哼唧起来，"我才不会相信呢。这可是一部稀奇古怪的电梯……谁知道它会怎么样。要是你按了其他的按钮，说不定它就会彻底散架呢。"

"我们还是先试试吧。"克拉德亨老师说，"可是，我们得再等一会儿，得先飞到陆地的上空才行。"

他们看见脚下出现了沙滩，金黄色的，十分美丽。在遥远的地方，也就是更靠近内陆的地区，出现了蓝色的山脉轮廓。

"再等几分钟。"克拉德亨说，"再等一下……再等一下，好了，降！"

"我先试试'三楼'的按钮。"艾贝尔说，"那样，我们就会降到距离地球表面二十米左右的地方，我希望，它降到那里之后会静止不动。"

大家屏住呼吸，等待着命运的安排。电梯就像之前的若干次一样，以飞快的速度降了下去。他们看见脚下是一片绿地，可是，至于那是草地还是耕地，那就看不清了。周围散落着零星的几棵大树。"我们会直接落到地面上。"艾贝尔失望地嘟囔道，"看哪，我们就要贴上地面了。"他很失望，因为他的计划并没有成功。

可是，电梯突然轻微地颤抖了一下，停住不动了。他们看见自己的脚下有几棵大树，有一条小河，还有人。起初，只是几个人，接着，又有几个人从四面八方奔了过来，然后，来的人越来越多……怎么这么快就来了这么多人呢？很快，他们的脚下就聚集了一大群人，他们大声地喊叫、欢呼，翩翩起舞。

"不对劲，"克拉德亨说，"闹革命了！"

"不是的，"萝拉说，"好好看看，他们在挥手，看他们多么开心哪。我倒是觉得这些人很友好！我们下去吧。"

"我不敢……"克拉德亨尖着嗓子叫道，随后按下了最上面的那个按钮。嗖一下，他们又飞快地升回了空中。

"喂，"艾贝尔和萝拉失望地说，"这是一个多么好的着陆点啊！再也找不到比这里更好的地方了。我们不是想要回到人群中去吗？我们总不能在沙漠里降落吧？"

"他们两个说得对，小克拉德亨。"德普先生说，"我们确实应该尝试一下，我相信这里并没有什么革命。我们还是快点按下'底层'那个按钮吧，那样我们就可以安全着陆了。"

艾贝尔按了"底层"那个按钮。克拉德亨也不再反对了。可是她依旧用手捂着眼睛，因为她害怕极了。

"不要枪毙我们……"她忍不住呻吟起来，"不要枪毙我们……还是绞死我们算了……"

"哎，别发疯了，克拉德亨。"萝拉说。到了激动人心的一刻。他们着陆了。只不过，电梯歪歪斜斜的，而且他们听到脚下传来一阵响亮的爆裂声。

"我们到了吗?"德普先生问。

"我……我……我想，我们停在了一棵树上。"艾贝尔结结巴巴地说。

事实也的确如此。他们落到了一棵大树的树冠上。他们看见了和之前一样的景象：人们从四面八方汇聚过来。很快，树下就聚集了一大群人，他们欢呼雀跃，不停地挥舞手臂。

"哎，"艾贝尔说，"我们现在该怎么办呢?"

"再回到半空中去。"克拉德亨提议说。

可是无论艾贝尔怎么努力地按按钮，一点儿用处也没有。显然，他们被树枝绊住了，要不然就是电梯坏了。他一下又一下地按按钮，可依旧没有用。

"我们出去吧。"德普先生说，"我们小心一点儿，往下爬。你可千万不要摔下去了，克拉德亨，抱紧我。"德普先生抓住玻璃门上的把手，想要把门打开。他使劲拽

了一下，然后又拽了一下。门纹丝不动。他们出不去了。他们使出吃奶的力气，一同拉动电梯门。所有的力气都白费了。他们被困在了他们亲爱的电梯里，被困在了新西兰的一棵树上。

第三十一章

被扰乱的音乐节

没错，他们到达的地方的确是新西兰。他们来到了距离奥克兰市不远的一片土地上，而这天，这个地方正好在举办露天音乐节。这是一场比赛，各式各样的乐队和合唱团都会来登台参赛。

一支乐队登上舞台，奏响了一曲交响乐。乐曲动听而又悠长。正当这时，观众中有几个人开始指指点点、大声呼喊。

"嘘……"其他人对他们说。然而，越来越多的人加入了这个行列，他们大声呼喊，把手举到半空中指来指去。后来，没有一个人的目光落在乐队身上，没有一个人的耳朵在听音乐，所有人都仰着脖子，望着天空。

他们的上方悬挂着一个东西，它确确实实是悬挂着的。这个东西是墨绿色的，方方正正，一动不动地悬挂在空中。它不是飞机，也不是直升机，因为他们并没有看见机翼和螺旋桨。好奇怪啊，它真的太奇怪了！人们站起身，朝着那个家伙走去，一直来到它的正下方。这下，他们看出来了，这个东西像是一栋小房子，那栋房子明显还有一扇门，有几个人正站在门口张望。它必然是一种空中的交通工具，可它究竟是什么呢？它会不会是一个飞碟？可是它的模样一点儿也不像飞碟啊。哦，快看，它突然加足马力飞上了天，它飞得好快呀，几乎垂直地升上了天。它变成了一个非常小的小圆点……最后什么都看不见了。

"这是不是我们的幻觉？"人们彼此询问。可并不是这样，所有人都看见它了。他们突然变得兴致勃勃，做起了各种各样的推断。"他们是从月球来的外星人。"一个人说。"才不是呢，"另一个人说，"那是几个开着一架新型飞机的美国人，我们曾经听说过，它是一种使用原子能的飞机！"

与此同时，那支可怜的乐队却在坚持演奏。他们觉得，如果为了天空中出现的一个古怪东西而中断一曲交响乐，那简直是他们的奇耻大辱。只可惜，他们并没有引起人们的注意。这一切太不寻常了，观众们再也无法平心静气地听音乐了。

"它又来了……"有人大喊一声，"看哪，它降下来了……它降下来了……"

"是啊，"人群欢呼起来，"它又来了。它落到那棵大树上了。呜呜呜，嘿嘿嘿，嘻嘻嘻，落到大树上了……"

人们一窝蜂地拥到大树底下，看着停在树上的电梯。

"它看起来像是一部普通的电梯。"一个小男孩说。

"真是个傻孩子。"他的妈妈说，"电梯怎么会飞呢？"

"那里面有真正的人类。"另一个人喊道，"看哪，窗帘的后面有人。他们不是从月球来的外星人。依我看，他们应该是一位先生、一位女士、一个男孩和一个女孩。看哪，一清二楚。他们想要出来。他们正在拽门呢。可是门打不开。"

人们把手插在口袋里，一边看，一边喊，而乐队悲伤地继续为他们演奏背景音乐，艾贝尔和他的朋友们则歇斯底里地想要打开电梯门。

有人通知了消防队、警察和一家大型的货运公司。

他们全都同时赶来了。

市长原本正在出席音乐节，这会儿，他一脸严肃，大踏步地来到人群最前面，为他们做指示。他们动用了一架很大的起重机，这才把电梯从树上拎下来，放到地面上。警察把围观的人拦在很远的地方。市长独自一人走到电梯门口，隔着玻璃门问了几句话。

"门打不开了。"德普先生大吼大叫。这一点，市长倒是明白了。他早就看出来了。德普先生无助地耸了耸肩膀，做了一个手势，表示"我一点儿办法也没有"。克拉德亨掏出手绢哭了起来。

现在，就连乐队也停止了演奏，所有的音乐家都来到了观众身旁，他们忘记了交响乐，忘记了整个音乐比赛。

看市长是如何隔着玻璃门，用手势与里面那些坐在一张奇怪的凳子上的生物交谈，倒也十分好玩。这样的交谈并没有什么用，这一点，市长的心里非常清楚。他派人叫来了全市最能干的两名修理工。他们带来了装满工具的箱子。箱子里有钥匙、钻子和其他各种各样的工具，终于，一刻钟后，电梯被打开了。

他们四个跌跌撞撞地一同冲出电梯，摔倒在草地上。

围观的人欢呼雀跃。

"哎呦，我的天哪，总算好了。"克拉德亨说。每当她从一个艰难的处境逃脱后，她总会这么说。他们坐在地上，立刻同市长展开了一段艰难的对话。不用说，这里的人讲的是英语，而他们四个的语言水平并没有怎么进步，远不能流利地讲述整件事情的来龙去脉。

"是啊，来自荷兰，"德普先生说，"从荷兰来。乘电梯来的。这叫电梯，会飞的电梯！"

市长明白了他们是从荷兰乘着会飞的电梯来到这里的。这激起了他的好奇心，他朝人群中的一个人示意了一下。这个人便从远处慢慢地走近他们。

"杨森！"德普先生大喝一声，"我的老朋友杨森。"

"德普！"杨森先生说。他的声音中透着感动。他们两个彼此拥抱了很久。后来的对话就不再艰难了，因为杨森先生可以为他们当翻译了。

"你们应该留在这里。"他说，"这里再好不过了。我在这里的一家工厂上班，还利用闲暇的时间加入了一支乐队。你们也看见了，今天这里在举办音乐节，我是吹大号的。"他背来了一把巨大的大号，看上去满腔热情。

"瞧瞧啊，"克拉德亨说，"太妙了，居然有音乐节。

让他们继续演奏吧！如果能听一段乐曲，我们会幸福死的。"

"您就不想先吃点东西吗？"市长问，"来几片面包或者几块蛋糕？我们这里有一个特别棒的点心铺子。"

市长领着他们穿越了整片草地，还把他们介绍给了自己的妻子。欢迎仪式上人们都热情洋溢。他们的身后跟着成百上千的观众，观众的脸上写满惊讶，张大的嘴巴再也没有合上。艾贝尔和萝拉喝了一杯又一杯的柠檬汽水，而德普先生和克拉德亨则没完没了地往肚子里灌着浓茶。

"我们会安排一个旅馆。"市长友好地说，"我们绝对不会让您缺少任何东西的，这是一个好客的国家。您先说说，您是直接从荷兰飞到这里的吗？"

"不是的。"克拉德亨说，"我们已经几乎游遍了整个地球。"

"我们先去了纽约。"艾贝尔说。他嘴里塞得满满的，说得不清不楚。

"然后去了秘鲁戈纳。"萝拉说，"那个国家在南美洲。我们在那里经历了革命。"

"之后我们在太平洋上飞行了两天两夜。"德普先生说，"看哪，现在来到了新西兰。咳，杨森，你这家伙，能见到你我太高兴了。你的妻子也在这里吗？"

"她在家里看宝宝呢。"杨森先生说，"你们也可以住到我家去。"

第三十二章

按钮不好使了

"反正我们现在全都来到了音乐节上，"市长说，"我想提一个建议，音乐恐怕再怎么演奏也没什么看头了，人们已经兴奋过头了，您愿意在这片草地上为我们做一个简单的展示吗？就是飞上去再降下来。人们看到了一定会很开心的。"

"当然了，我们一定照做。"艾贝尔说，"我们这就去。门已经修好了吗？它又能正常开、关了吧？"

他们回到了摆在草坪正中央的电梯跟前。门又可以自由地闭合和打开了。

"请稍等。"市长说。他走到舞台上，拿起话筒，向着人群发表讲话。

"今天，这几位来自荷兰的客人，"市长开口说道，

"就是乘着这台神奇的机器来到了我们这里。这是一部电梯，一部会飞的电梯。正是它，载着这几位客人，从荷兰的米德兰姆经由纽约、南美洲，然后穿越太平洋，一路飞来这里……"

"万岁！！！"人群大声地呼喊。

"而现在……"市长继续说，"现在，在我们继续我们的音乐比赛之前，这几位客人将为我们做一个简单的展示。他们将按下最上面的那个按钮，然后轻而易举地飞到空中。接着，他们仅仅通过按下'底层'那个按钮就会落回地面。"

"万岁！万岁！！"人们欢呼雀跃。

德普先生、克拉德亨、抱着小兔子的萝拉和艾贝尔四个人一同走进了电梯里。艾贝尔庄严地关上了门。他们四个透过玻璃门，友好地朝着外面的人群挥手致意。随后，艾贝尔按下了最上面的那个按钮。

电梯一动也没有动。

"它不听使唤了……"他忐忑不安地低声说道。

"刚才在树上的时候它就已经不听使唤了。"克拉德亨说。

"是啊，可那是因为它被树钩住了。"德普先生说。

　　"胡说八道。"克拉德亨说，"这部电梯明明力大无穷。要不是坏了的话，它一定可以把大树连根拔起的！可是，我清清楚楚地告诉你，它坏了！门刚刚不也坏了吗？"

　　"哎呀呀，"萝拉说，"外面站满了人，他们还等着观看呢。可是我们根本就飞不起来了！"

　　艾贝尔一个头变成两个大。他不停地按按钮，直到手指都被戳疼了。

　　终于，他放弃了。"就是坏了。"他伤心地说。他们打开门，走出电梯。周围一片寂静，令人心碎。

对于市长来说，这更是令他难堪。他刚刚还发表了那么振奋人心的讲话，保证会有一场展示，可是这样的展示简直令人忧伤。

"也许修理工可以帮上忙。"他迟疑了一下。

"也许吧。"艾贝尔闷闷不乐地回答。

修理工又提着工具箱来了。他们动起手来，敲敲打打、修修补补。市长说："我们不要打扰他们，让他们测试吧。我们可以利用这些时间做些别的事情。"

这时，萝拉怯生生地说道："市长，您能允许我和我的兔子登台表演吗？这样可以转移一下观众的注意力。"

"当然了，"市长惊讶地回答，"这太好了！"

萝拉走到舞台上，开始了她的表演。所有人都全神贯注地看着她。他们觉得萝拉的表演精彩极了，高兴得忍不住大声欢呼、手舞足蹈。萝拉把自己的绝活全都表演了一遍。她用脚趾托着小兔子，不停地转圈；又把身体拱成一座"桥"，由着山姆从她身上爬过；还让山姆在她的头顶上倒立……所有人都看得激动不已。

"也许我们还能四个人一起合唱一首歌呢。"克拉德亨说，"说到底，这里举办的是音乐节啊。"她从袋子里掏出音叉，敲了一下。嗡嗡嗡……音叉响了起来。为了更好地迎合今天特殊的场合，他们唱道："穿上漂亮的蓝格子工装……"

观众席中爆发出雷鸣般的掌声，因为他们把歌曲分成了四个声部，这样的声音在户外听起来，尤为美妙。

最后一个音符娓娓落下，这时，两名修理工从电梯旁走了回来，说道："我们觉得我们找到了问题所在，并且已经把它修好了。"

"哦，真的吗？"艾贝尔说，"您已经试过了吗？您按过那个按钮了吗？"

"没有。"这两个男人回答道，他们的脸变得通红，"没有，我们没有试过。是这样的，我们不太敢……我们害怕自己会飞上天。"

"好吧，那我们去试试吧。"艾贝尔说，"来吧，德普先生，来吧，克拉德亨，萝拉，走吧，我们去试一下吧。"

他们走进电梯。所有聚集在周围的人比刚才更加紧张了。电梯真的会直冲云霄吗？

"我希望这一次能够成功。"市长的心里想，"那样的话，它将为音乐节画上最完美的句号。再说，我亲

221

眼看见电梯从天上降落下来，我也亲眼看见它升到空中。它真的已经被修好了吗？看哪，那个男孩按下了按钮……"

就在这一刹那，突然传来了一声巨响。天空中扬起了很多尘土，沙子和泥巴被喷上了天。随后，一个强烈的声音嗡嗡嗡、哼哼哼、咔嚓咔嚓地响了起来，可是这个声音变得越来越微弱，越来越微弱……天空中下起了一阵泥巴雨，人们尖叫着四处逃散，他们惊恐万分……然而，当尘雾散去后，市长赶忙向前迈了几步，这时，他发现电梯已经消失不见了。它消失得无影无踪，取而代之的是地上的一个洞，这个洞深邃而又黑暗，它太深了，深极了，一眼望不到尽头。可是，在遥远的深处依旧能够听见微弱的嗡嗡声。

"哦哦哦……"市长叹息道。他看了看修理工，又看了看不知什么时候悄悄来到他身旁的杨森先生。突然，他们全都明白究竟发生了什么事：按钮被修好了，可是却起了恰好相反的作用。电梯没有向上飞，反倒是向下钻了。力大无穷的它加足马力在地球上钻了一个洞。

"哦哦哦……"市长又一次叹息道。他昏倒在地。

第三十三章

横穿地球

　　电梯里的四个人被第一声巨响震得双耳失聪。惊吓过后，他们伴随着隆隆声，撞到了电梯的墙上。至于之后发生的事情，他们已经全然不知。一刻钟后，艾贝尔叹息道："你们还活着吗？"

　　"我没有。"克拉德亨说，"我已经死了，死翘翘了。哦，我的老天爷呀！"

　　"我觉得，我已经浑身都散架了。"德普先生抱怨道，"而且我觉得我的脑袋也掉下来了。"

　　"我找不到山姆了。"萝拉叹了一口气，"山姆，小可爱……你在哪儿？哦，你在这儿，我亲爱的小兔子……"

　　周围漆黑一片，他们什么也看不见。他们只能听见巨大的、喧闹的、低沉的嗡嗡声。原来这是电梯钻着洞横穿地球时所发出的声响。

"我们这是在哪儿?"克拉德亨问道,"我们究竟是怎么了……我们是不是飞上天,来到了平流……平流……那玩意叫什么来着?"

"不是的。"艾贝尔说,"恰恰相反,我们现在在地底下,而且在向越来越深的地方前进。"

"你、你、你……你说什么?"克拉德亨哀叹起来,"在地底下?"

"是的,"艾贝尔说,"那几个家伙把按钮修好了,可是经过了他们的修理,电梯不再向上飞,而是向下飞了。"

"哦,多么奇妙啊,"克拉德亨说,"多好玩啊,我们可以乘着会飞的电梯四处旅行,每一次都有不同的惊喜!"

"别开玩笑了,小克拉德亨。"德普先生说,"我们还是冷静下来想一想吧……喂,艾贝尔,你真觉得我们是在横穿地球吗?"

"要不然呢?"艾贝尔说,"你们听见隆隆声和嗡嗡声了吗?电梯正在以飞快的速度往地底下钻呢。它的速度非常快,当然不可能像在天上那么快。可是,我们前

进的速度还是很快的。"

"那剩下的就只是时间的问题了。"德普先生说,"我们最终还是会回到地球表面的……地球表面的某个地方。"

"是啊,"艾贝尔迟疑了一下,"可是我在学校学过,地球的中心很热。"

"一点儿不错。"德普先生嘟哝道,"那里一定热得吓人。你们是不是已经感觉到了,伙计们?"

"说起来还真的是。"克拉德亨说,"我已经觉得很闷热了!"

电梯里变得十分炎热。他们大口地喘息,简直透不过气来,电梯的地板和墙壁变得越来越烫。"我要把外套脱掉。"艾贝尔说。

"我要把汗衫脱掉。"萝拉说。他们把能脱的衣服全都脱掉了,只有德普先生紧守着他的皮夹克不肯脱。"没关系。"他说,"这东西还是穿在身上比较好,它还能抵御高温呢。"

几个小时过后,电梯里已经热得所有人都说不出话来了,他们只能发出轻微的呻吟。

"不管怎样……我相信会好起来的。"克拉德亨说。

绝对会好起来的,他们全都这么觉得。令人难以忍受的高温减弱了。渐渐地，温度变得可以承受了。"幸亏好起来了。"艾贝尔叹了一口气，"我们已经穿越了中心点。现在真的只是时间的问题了。"

"要是不这么暗就好了。"克拉德亨抱怨道，"这里伸手不见五指。我们连咖啡都没法煮。你们有办法把这里点亮吗？"

"我有打火机。"德普先生说。几分钟后，他开了打火机，可是它立刻就灭了。"咳，真傻，我们的咖啡机上不是有酒精灯吗？"萝拉说。不一会儿，酒精灯的蓝色火焰便产生了微弱的光芒，映照着整部电梯。

"我们的样子太难堪了。"克拉德亨说，"我身上只穿着衬裙，而你们也只穿了内衣，只有乔塞亚斯还像模像样地穿着皮夹克，衣着整洁。"

"你可以穿上你的裙子了，克拉德亨，"德普先生说，"我们可能马上就要到了！"

"哦，是的。"克拉德亨忐忑不安地回答。随后，她穿上了搭有各种配饰的裙子。

"想想看吧，"她说，"我总不能穿着我的衬裙出现在地球表面吧？"

"哦，我真想知道我们会到达什么地方。"艾贝尔说，

"我实在太想知道了！"

可是电梯依旧隆隆地向前穿行，它行驶了一个又一个小时。为了打发时间，他们唱了一首歌，煮了咖啡，还玩了"我看见的你没看见"这个小游戏。

"它是红色的。"克拉德亨说。

"是我的袜子。"萝拉说。

"不对。"

"是我的手帕。"德普先生说。

"不对。"

"是咖啡壶的手柄。"艾贝尔说。

"你可真是一个色盲。"克拉德亨说，"咖啡壶明明是绿色的。不对。"

"我们放弃。"

"是德普先生的胡子。"克拉德亨说。

"哈哈。"他们笑了起来。

这时，艾贝尔突然说："有光！我看见光了！地板被照亮了！电梯的地板被照亮了！"

他的话音还没落，所有人就感觉到一阵颠簸，电梯似乎停住不动了。

第三十四章

有脚

这一天，荷兰米德兰姆城里的科诺茨百货大楼三楼正在特价出售手帕。

十块钱就可以买到整整一打漂亮、上乘的手帕，这可以算得上是真正的大甩卖。

因此，楼下聚集了许多人，他们全都等着乘电梯去三楼。

"我在等电梯。"一位女士说，"您也是吗？"

"是的。"另一位女士说，"我还是第一回重新乘坐科诺茨百货大楼的电梯呢。这么长时间以来我一直都不敢尝试。我一连好几个月都不敢坐电梯，自从……"

"没错，谁说不是呢？"第一位女士说道，"我也被吓得不轻呢……科诺茨百货大楼的电梯就这么凭空消失了，连个鬼影子都没有留下。它到底去哪儿了呢？只有天知道。"

"有人说，它飞到了天上。"又一个人插嘴说道，"那天早上，有人亲眼看见它从天上飞过。"

"咳，可能是吧，不过，我那天就说了：'永远别想让我踏进那玩意儿一步。'"

"可是您现在不还是要进去了？"

"唉，是啊，可是楼上有便宜的手帕，加上人又比较健忘，再说，爬楼梯实在太麻烦了。谁不是这样想的呢，对吧？看哪，电梯从楼上下来了。"

百货大楼的电梯以飞快的速度降了下来。当然了，这是一部新装上的电梯。可是，它还没来得及到达底层，一桩稀奇的事情就发生了！另一部电梯从地底下钻了出来，不错，它的的确确是从地底钻出来的。两部电梯撞到了一起，不过，它们撞得并不严重。随后，两部电梯同时静止了。

然而，真正稀奇的是，从底下上来的那部电梯才露出了一部分，人们就可以清楚地看见，那里面有人，他们双脚朝天地站立着。那里面一共有四双脚。

百货大楼里的所有人都厉声尖叫起来，同时不停地指指点点。那里形成了一场很大的骚乱……各个部门的主管都拥了过来……百货大楼的调查员被叫了过来，电梯修理工也被拖了过来。

"有脚！"所有人都嘶喊着，"这是一部有脚的电梯！"上面的那部电梯升到了高处，这下，底下的那部电梯终于可以完全从地底下钻出来了。这会儿，人们看不见脚了，因为电梯里的人全都摔了下去，躺在电梯的顶部，这些人里有艾贝尔，有萝拉，有克拉德亨，还有德普先生。他们全都摔到了电梯的顶部。

当玻璃门被打开的时候，人们把他们四个人团团围住，看着他们呆若木鸡、头昏眼花、跌跌撞撞地走出电梯。这时，克拉德亨说道："哎呦，我的乖乖，总算好了。"

艾贝尔是第一个说出整句话的人。"这个结果在我的意料之中。"他说，"我在学校学过，地球上与我们对应的就是新西兰。这个国家刚好在地球的另一端。我们横穿了地球，所以自然就四脚朝天地回到了这里……"艾贝尔坐在百货大楼的地上说出了这一番话，而他的身旁则围了上百个惊讶的人。

"他们是什么人？他们说的话简直莫名其妙……"人

们说。可是，科诺茨百货大楼的总经理却突然赶来了，他就是科诺茨先生本人。

科诺茨先生张开双臂大声地喊道："就是他们！他们回来了！太幸运了，实在太幸运了！"他拍了拍德普先生的肩膀，拥抱了身上穿着搭有银配饰的丝绸长裙、正用呆滞的目光环顾四周的克拉德亨，把萝拉连人带兔子搂进怀里，又把艾贝尔腾空抱起。"你真是一个好小伙子！"他喊道，"你连人带电梯地飞到了空中，而现在又把电梯连带着里面的乘客完好无损地送了回来。""别推……"他冲着围观的人群喊道。周围的人越聚越多。"他们就是几个月前失踪后被推断成已经遇难的乘坐电梯的人。他们回来了！这就跟我一起到我的私人办公室去，"他说，"把前因后果一字一句地讲给我听。"

可是德普先生却说："如果您不介意的话，我很想先回去看看我的妻子。她一定担心极了。"

"我很想回去看看我的妈妈。"艾贝尔说。

"我想去买一个咖啡壶。"克拉德亨说，"说到底，我来这里就是为了买一个普通的过滤壶。"

萝拉说："先生，我跟您走。我会一五一十地把发生的一切告诉您。不过，我得带上我的小兔子。"

"好极了。"科诺茨先生说。他领着萝拉和山姆来到他的私人办公室，听她讲述了事情的来龙去脉。

第三十五章

回家

　　趁着他们说话的工夫，艾贝尔从围成里三层外三层的人群中挤了出去，他溜出旋转门，重新走在米德兰姆城里，奔走在熟悉的街道上。这才是属于他的米德兰姆。

　　远处流淌着一条小河，那里有堤坝和三棵高大的榆树。他看见了抹布工厂高耸的烟囱。然而，他并没有迟疑。他径直回了家，朝着小花店走去。

　　终于到了。他透过橱窗向店里张望，看见妈妈正站在柜台后面。柜台的跟前还站着一位女士，她是店里的顾客。

　　艾贝尔没有走进花店的大门。他来到紧挨着家的小街道上，穿过后花园，打开客厅的后门，踮起脚，从客厅溜到花店里。

他的妈妈一点儿声音也没有听见。她正在跟人说话。艾贝尔蹑手蹑脚地走到她的身后。站在柜台跟前想要买花的女士一看见他，便挑了挑眉毛，可是她什么也没说。

艾贝尔的妈妈正忙着摆弄一束紫色的紫菀花。她一边摘下多余的叶子，一边用柔和而又悲伤的语调讲述关于她儿子的事。同样的话，她一定早就向她的顾客们絮叨过不下一百遍了。她说道："再也没有……我再也没有他的任何消息，太太……再也没有。他们说，他乘着电梯飞到了天上……是啊，他们说了那么多话，我究竟该相信谁呢？他们找遍了整栋大楼，他们把地窖和阁楼翻了个底朝天，他们四处打探，还在广播上播送了启事，可是他们什么线索都没找到，太太，什么线索都没有。他是一个那么可爱的男孩。那是他第一次去百货大楼，也是第一次走进那部电梯，他穿着一身红色的制服，太太，那身制服……"

"上面有金色的纽扣，"站在柜台另一边的那位女士说道，"上面有金色的纽扣，口袋上还印着'科诺茨百货大楼'。"

"您是怎么知道的?"鲁夫妈妈惊讶地问道,"一点儿不错,就是这样。他的头上还戴着一顶帽子……"

"是啊,"女士又一次接过话茬,"帽子上有一根带子,系在他的下巴底下。"

"咦,"鲁夫妈妈说,"您怎么知道得这么清楚?"

"我看见了。"女士说,"我清楚地看见他站在我的面前。他就站在您的身后。"

鲁夫妈妈转过身。"艾贝尔……"她叹了一口气,她手里的紫菀花束掉落到地上,她一下坐到了小板凳上,同时把手撑在柜台上,"艾贝尔……"

"哈,这个妈妈呀。"艾贝尔说。泪珠在他的眼眶里打转。这可是这么久以来从来没有过的,即使身处革命,他也没有像现在这样饱含热泪!

柜台后面的女士一边笑,一边转身说道:"我还是今天下午再来取我的紫菀花束吧。"

一小时后,艾贝尔和他的妈妈一起坐在客厅的餐桌跟前。他不停地说话,可是他的嘴里却被塞得满满的,因为他的妈妈在他的面前摆上了牛排和烤土豆。她不停地在厨房和客厅之间来回奔波,每一次都端来不同的美味佳肴。她还以为这几个月以来,他什么东西都没有吃过。

"那里正在举办音乐节，市长接待了我们，他正打算让我们做一个展示……"艾贝尔嘴里塞满土豆，喋喋不休地说着。

"是纽约市的市长吗？"妈妈一边问，一边递给他一杯果汁。

"不是！"艾贝尔说，"我早就说到新西兰了，你怎么还以为是纽约啊？你根本就没有听我说！"

"还是以后再说吧。"妈妈说，"那么多事，我一下子接受不了，我觉得自己太幸福了。"

这时，门开了。门口站着的是德普先生。

"我来看看你们这里怎么样。"他说，"这位是我的妻子。"

德普太太是一位非常高大、非常严厉的女士。她紧紧地攥住德普先生的皮草领口，看起来似乎永远也不会松开了。"从今往后，只要他去做生意，我就跟着他一起去。"她说，"我再也不会让他独自一人出门了。他居然背着我去一个陌生的国家当总统了！"

这时，门又开了。克拉德亨走了进来。她的身后跟着萝拉和兔子山姆。

"你们想知道发生了什么事吗?"克拉德亨说,"今天下午三点钟,科诺茨百货大楼会举行一场迎接庆典。米德兰姆的市长会发表讲话。他们还要表彰我们!我们还得坐上电梯做展示呢。他们希望我们能够重新飞上天,然后再回来,以此来为庆典助兴。他们把新安装的电梯拆走了。我们的电梯已经做好了展示的准备。"

"我不去。"艾贝尔说,"按钮被装反了,到时候我们肯定又会钻到地底下。"

"他们已经把它修好了。"克拉德亨说,"我们必须那么做。你们还想听点别的吗?萝拉会住到我家来,因为她发现她的姨妈搬走了。是不是,萝拉?我们一定会生活得很开心,对不对?我继续教歌唱课,萝拉可以想怎么表演就怎么表演。"

"来吧,"鲁夫妈妈说,"我们去喝一杯美味的葡萄干白兰地。这是我特意珍藏的,专门为了……"

"他们四位为荷兰完成了一项大工程。"米德兰姆市的市长大声疾呼。他站在科诺茨百货大楼里卖雨伞的柜台前,那正是几个月前他发表百货大楼开业讲话的地方。

"他们飞越了北美洲和南美洲!"他继续他的演讲,

"他们用荷兰的灭蛾球拯救了一个民族！他们把荷兰的民歌传播到了陌生的国度，而最为重要的是……"市长接着说，"他们所做的事情中最为重要的就是：他们在荷兰和新西兰之间建立了一条捷径。如今，想要移民的人们再也不需要绕路去漂洋过海，他们可以横穿地球，因为那里已经有了一条隧道！他们用电梯挖出了一条隧道！"

他屏气凝神地沉默了，而人群便趁机欢呼了起来。"万岁！"人们大声地呼喊，"万岁！电梯小子艾贝尔万岁！"

"现在，"市长接着说，"现在有请电梯工为我们展示他是如何按下最上面的那个按钮的，请他们四位一同为我们展示他们是如何飞离地球的。"

市长又一次沉默了。人群再一次欢呼起来。艾贝尔已经站在电梯里准备出发了，他的身旁站着外套上挂满骑士勋章的德普先生、穿着搭有银配饰长裙的克拉德亨和抱着兔子的萝拉。

艾贝尔按下了按钮。电梯径直向上冲去。"万岁！"所有人高声喊道，"它飞起来了！它飞起来了！万岁！！"

电梯经过一楼、二楼、三楼、四楼……然后它来到阁楼，静止不动了。艾贝尔按了按最上面的那个按钮，然后又按了一次，之后再按一次，可是电梯丝毫没有动弹。

"它失效了。"艾贝尔说，"它已经没用了。"

"咳，"克拉德亨说，"我不觉得有什么可惜的。我们还是回到楼下去吧。它变成一部普通的电梯了。它原本就应该这样！"

事实也的确如此。电梯失去了魔力。

谁也不知道，这是怎么一回事……这部电梯就像其他的电梯一样，从一层楼开到另一层楼，然后再开回去。还想让它飞上天吗？不可能了。

不过，这没有什么关系。当他们回到楼下时，人们正拿着五颜六色的礼宾花和彩带等待着他们……铜管乐队奏响了一支欢快的进行曲，市长挥舞着他的帽子，喊道："电梯客万岁！"看见他们安全回家，所有人都感到幸福极了。

"女士们、先生们，"市长大声地说道，"这部电梯再也不是什么有魔力的电梯了。它变成了一部普通的电梯，跟其他百货大楼里的电梯并没有什么两样。可是，永远不会逝去的是我们对他们四位能够乘坐电梯环游地球几个月的自豪。我的讲话到此结束。"

"万岁！艾贝尔万岁！电梯小子万岁！"人们欢呼雀跃。他们把艾贝尔扛到肩上，抬着他走。他的妈妈和德普先生跟在他的后面，克拉德亨和萝拉紧随其后。乐队演奏起一曲《祝他们万岁》

艾贝尔的奇遇记到这里就结束了。